JN272985

日記で読む文豪の部屋

柏木博

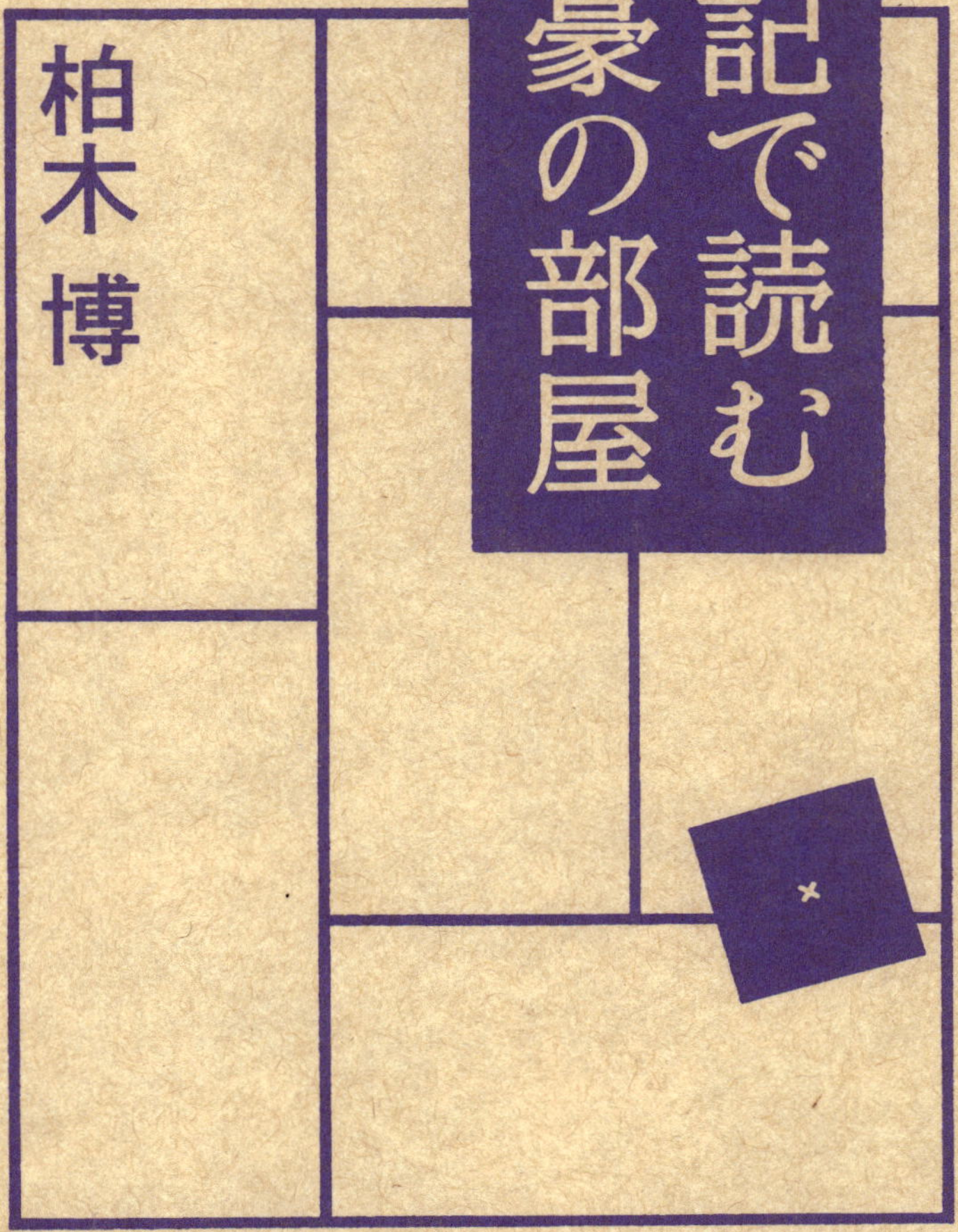

白水社

日記で読む文豪の部屋

装幀＝松吉太郎

目次

日記に記された住まいと部屋

日本の近代の作家（文学者）たちは、住まいや部屋をどのように設え、どのように使っていたのだろうか。あるいは、必ずしも自身の住まいではない部屋に対してどのような眼差しをむけていたのだろうか。繰り返せばそれは、彼らが、住まいや部屋について、どのように感じ、あるいは考えていたのだろうか、ということでもある。

住まい、あるいは部屋への彼らの思考や感覚がどのようなものであったのか、彼らの日記から読むことができるだろうか。

小説の場合、そこに描かれる住まいや部屋は、登場人物を造形するために多様な工夫が施される。もちろん、そこに描かれる住まいや部屋は、作者自身のそれらに対する思考や感覚と無縁ではない。日記には、住まいや部屋に対する彼ら自身の眼差しが鮮明に見られるのではないか。そうしたことから、夏目漱石、寺田寅彦、内田百閒、永井荷風、宮沢賢治、石川啄木、北原白秋の日記を読んでみようと思う。近代のこうした作家の日記にあらわれる住まいや部屋の記述から何が読めるのだろうか。

日記と私小説

日記の中に記述された住まいや部屋を見ていく以前に、まずは日記という記述のあり方そのものをどのように読めばいいのかということを、意識しておく必要があるように思える。つまり、小説のような創作とは異なるが、創作もふくんでいるだろう。

このことは、日記を対象に書かれた論考の多くが指摘しているように、日記はかならずしも自分以外の読者を想定しない、いわば無垢の記録ではない。たとえば、内田百閒や永井荷風の日記は、あきらかに自分以外の読者を想定して記述している。しかし、それでも小説とは異なっている。

ドナルド・キーンは、「土佐日記」や「蜻蛉日記」にはじまり近代の「漱石日記」や「啄木日記」にいたるまで、日本の膨大な数の日記を読み、それぞれの日記をめぐる論考を『百代の過客』『続百代の過客』としてまとめている。キーンのこの日記論は、日本の日記の通史的な論考として、きわめてすぐれたものであり、日本人のわたしたちの日記に対する意識を的確に捉えたものとなっている。キーンはその冒頭で、次のように整理している。

「そもそも、なぜわざわざ日記をつけるのか、という問題がある。日記を研究している学者によると、日記は普通二つの範疇に分けられるという——すなわち、日記をつける当人の個人的使用にその目的が限られているもの、そして読者を予想しながら書かれるもの、この二つである。しかし実際問題として、ほとんどすべての本物の日記（勿論、備忘録的なものは省かねばならない）は、いつかは他人がそれを読むであろうという、少なくとも無意識の希望、あるいは期待をこめて書かれている。確かにこのことは、後世自分の日記が印刷され多くの人に読まれるだろうなどとは夢想すらできなかった平安時代の日記作者についてさえ言える[1]」

備忘録ではない日記は、結局、他者に読まれることを無意識にでも望んで記述されているのだというのである。「日記をつけるのは、詩を書くのに似て、一種の告白的行為であることが多い。そして告白というものは、誰かそれを聴いてくれる者がいなければ、なんの意味も持たないのである」とキーンは指摘する。

このキーンの指摘を吟味してみると、結局それを肯定せざるをえない。つまり、自分以外の読者を想定しない日記は、かなり少ないものだということだ。キーンは、文学的日記と非文学的日記を分類しているが、ここで対象とした日記は、どれも文学的な日記である。

キーンは、日本の膨大な数の「日記文学」を「百代の過客」として論じることになるわけだが、そのきっかけになったのは、第二次大戦中、戦争に関する情報解読のために日本兵の日記を翻訳する任務についたことであったと述べている。日記から日本軍の動きを読むことがキーンの仕事だったのである。

アメリカ軍では日記を付けることは固く禁じられていた。このことはアメリカ兵にとっては、何も問題はなかった。アメリカでは日記をつける人は少なかったからだとキーンはいう。しかし、日本軍では、日記をつけることを禁止しなかった。それどころか、新年に日記帳が兵士に配られたというのである。

日本人は、日記を書くという習慣があったということであろう。そうした日本における日記は、

「あの最も典型的な日本の近代文学――『私小説《わたくししょうせつ》』の始祖だったのである」とキーンは述べている。たしかに、百閒の日記は、まさに「私小説」として読むことができるほどの味わいがある。たとえば、百閒は妻町子に日記帳を買い与えている。その時に、町子に次のようにいったと、自身の日記に記している。

「日記を書く事は専門家ではない藝術家が、詩人としてのすべての人間が、自分の藝術と記録とを最もいい読者なる子供に遺すことである。これは最も意味の深い又尊い藝術の一片であり、又藝術そのものである。だから日記をつけなさい(2)」

町子にむけられたこの言葉は、百閒自身が日記にむかうときの心情であったともいえるだろう。百閒の日記は、他者を意識した作品として書かれている。

「私小説」という日本の文学が、日記という記述の方法と深くかかわっているというキーンの指摘は、作家たちの日記を読んでいく中で、たびたびわたしもまた感じることであった。日記に記述されたことは、読者を意識していようが、まったくいまいが、潜在的には誰かに読んでもらうことを望んでいた記述として扱っていいように思える。

日記がたとえ読者を想定して創作されたものであるにしても、やはり、「小説」とは異なって、記述する主体をよりはっきりと感じることができる。たとえば、日記には作者の一貫性のなさや矛盾がいくらでも出てくる。小説の場合、少なからず矛盾が含まれており一貫性を欠如していると、読者はそれを読むことが苦痛になってしまう。しかし、日記の場合、それは苦にならずに読むことができる。たとえば、啄木や荷風の日記は、とりわけ矛盾だらけである。キーンもまた啄木の日記にあらわれる多くの矛盾に目をむけている。しかし、読者はその矛盾を受け入れるのだという。「もしこれが『日記』ではなく『小説』だったならば、私たち読者は、啄木が初めの理想主義や純粋さを失ったことを、多分残念がることであろう。だが日記の場合には、作者の考え方の変化を、いちいち悔やんでも始まらない。それは必然的なものだからである(3)」とキーンは指摘する。心情や思考の日々の変化、そして矛盾は、たしかに必然的なものである。それが読者にとって、日記における主体を感じさせるひとつの要素にもなっている。

したがって、創作された日記であっても、そこにあらわれる住まいや部屋についての記述は、小説とは異なったものであるように思える。もちろん、日記に記されたことを小説の素材にすることもある。漱石の日記、あるいは荷風の日記など多くの日記に、それが自身の小説の素材ともなっていることを読みとることができる。

住まいと部屋の記述を読む

まずは、日記に記述された自身の住まいや部屋である。

作家にかぎらず、誰でも自らの住まいや部屋を持ちたいと望むし、またそこに愛着を持つ。部屋は、そこに住まう人の痕跡となる。意識的であれ無意識にであれ、わたしたちは、部屋にさまざまなものを持ち込む。書物、衣服、筆記具、家具そのほか多様なものが部屋に置かれる。部屋はやがて、ものによるコラージュ空間となる。そのコラージュ空間は、そこに住まう人の痕跡でもある。その痕跡に、わたしたちは少なからず愛着をもつことになる。作家の日記の中にも、そうした部屋の痕跡を読むことができる。

永井荷風は、一九二〇（大正九）年に麻布につくった新しい住まい「偏奇館」で生活をはじめる。総二階のまるで事務所のような簡素な住まいであった。偏奇館での荷風は、室内やそこに置く家具などについては、ほとんど頓着することはない。下女がいなくなった後の偏奇館では、荷風は下女用に使っていた四畳半の部屋に万年床を敷き、電話帳を枕にしていた。もちろん、荷風は自ら食事をつくってもいるが、外食が多い。また自宅の風呂だけではなく、公衆浴場をよく利用している。都市の施設を自在に使っているのである。

そのような生活がはじまる以前の一九一六（大正五）年から翌年にかけて、ほんの少しの間、荷風は、父がつくった大久保の住まいで生活している。その一室を「断腸亭」と名づけた。荷風の『断腸亭日乗』は、一九一七（大正六）年の九月十六日からはじまる。

その書き出しには、「九月十六日、秋雨連日さながら梅雨の如し、夜壁上の書幅を挂け替ふ」とある。また、同日の記述の最後に「先考所蔵の畫幅の中一亭王震が蘆雁の圖は余の愛玩して措かざるものなり[4]」と結んでいる。

大久保の「断腸亭」では、荷風は、夜に壁の画を掛け替えている。亡くなった父が所蔵していた画幅の中では、王一亭（震）の描いた蘆の中にいる雁の画が気に入っているのだと荷風は記している。王一亭（震）は、十九世紀後半から二十世紀前半にかけて、上海で活動した実業家、政治家であり画家としても知られた人である。

日乗（日記）を書き始めたころの荷風は、父の残した実家の断腸亭にあって、書画骨董にも心を配り、部屋を整えていたのであろう。

このころ、荷風は木挽町にも小さな家を借りている。九月二十日の日記には、「今朝腹具合よろしからず。午下木挽町の陋屋に赴き大石國手の来診を待つ。そも〳〵この陋屋は大石君大久保の家までは路遠く往診しかぬることもある由につき、病勢急變の折診察を受けんが爲めに借りたるなり」(5)とある。

どうやら荷風は、体調のすぐれないときに、大久保の家からは医者の家まで遠いので、この木挽町の家に行き、医者の往診を受けたということのようだ。この木挽町の家を仮住まいとして、荷風は「無用庵」と名づけている。そして、同じ九月二十の日記に「舊邸をわが終焉の處にせむと思定めてよりは、また他に移居する心なく、來青閣に隠れ住みて先考遺愛の書画を友として、餘生を送らむことを冀ふのみ」(6)と記している。

父がつくった大久保の家をいわば「終の棲家」として、父の遺した書画を友として余生を送ることを冀《こいねが》うのみだという。書画骨董に親しみ、断腸亭の部屋をしつらえてすごしたいという気持ちがそこにはあふれている。ところが、それほど好ましかった部屋「断腸亭」を棄てるようなことが起きる。

翌年の一九一八(大正七)年、八月八日に日記に次のようなことが書かれる。

「屋後の土藏を掃除す。貴重なる家具什器は既に母上大方西大久保なる威三郎方へ運去られし後なれば、殘りたるはがらくた道具のみならむと日頃思ひゐたるし〔ママ〕に、此日土藏の床の揚板をはがし見るに、床下の殊更に奥深き片隅に炭俵屑籠などに包みたるものあまたあり。開き見れば先考の徃年上海より携へ歸られし陶器文房具の類なり。之に依つて窃に思見れば、母上は先人遺愛の物器を余に與ることを快しとせず、この床下に隠し置かれしものなるべし。果して然らば余は最早やこの舊宅を守るべき必要もなし。再び築地か淺草か、いづこにてもよし、親類縁者の人ゝに顔を見られぬ陋巷に引移るにしかず。嗚呼余は幾たびか此の舊宅をわが終焉の地と思定めしかど、遂に長く留まること能はず。悲しむべきことなり[7]」

土蔵を掃除した。貴重な家具什器はすでに運び去られている。残っているのはガラクタのみ。床の揚板をはがしてみたら、奥の方に炭俵などに包んだものがたくさんあった。開けてみたら、亡くなった父が上海から持ち帰った陶器や文房具のたぐいだった。母は、こうしたものを自分（荷風）に与えたくなくて、こんな風に隠しておいたのだ。とすれば、もうこの家を「終焉の地」として守って生きていく必要はない。といったことを荷風は書き連ねている。

その結果、荷風は、この大久保の住まいも家具什器も書画骨董もすべて売却してしまう。そして、二年後に完成した麻布の「偏奇館」で生活することになる。そこでは、断腸亭の部屋とは異なって、室内にほとんど頓着しない生活へと変貌していく。

「終の棲家」で書画骨董に親しみ生活していこうと考えていた荷風は、母のとった態度によって、その部屋を棄てざるをえなくなってしまった。「長く留まること能はず。悲しむべきことなり」と決意する。部屋という痕跡を棄てることの悲しさがうかがえる。しかし、その後荷風は、都市そのものをまるで住まいにするかのようにして、生活することになっていく。

部屋への趣味ということでは、漱石もなみなみならぬものがあった。漱石は生涯、借家ですごしている。「漱石山房」と称して最後に暮らした早稲田の家について、「暗い、穢い家」だが「氣にし出すと切りが無いから、關はずに置く」と述べている。しかし、住まいや部屋への趣味について記している。

「家に對する趣味は人並に持つて居る、此の間も麻布へ骨董屋をひやかしに出掛けた歸りに、人の家をひやかして來た。一寸眼に附く家を軒毎に覗《のぞ》き込んで一々點数を附けて見た。私は家を建てる事が一生の目的でも何でも無いが、やがて金でも出來るなら、家を作つて見たいと思つて居る。併し近い将來に出來さうも無いから、如何云ふ家を作るか、別に設計をして見た事は無い」(8)

この文章からもわかるとおり、骨董に趣味がある。そして、「一寸眼に附く家を軒毎に覗き込んで一々點数を附けて見た」というように、部屋の観相者としての漱石の意識が見えてくる。

漱石は、空間としての部屋や設備については、借家なので、どうすることもできないようなのだが、部屋に置かれる家具や什器によって、それを自らのものにしていこうとしている。ちなみに、ここでは、漱石自身の文章ではなく、芥川龍之介によるものを見ておこう。芥川は、「漱石山房の秋」という、ほんの三ページほどの短い文章で、漱石の部屋を記述している。

硝子戸から客間を覗いて見ると、雨漏りの痕と鼠の食つた穴とが、白い紙張りの天井に斑々とまだ残つてゐる。が、十畳の座敷には、赤い五羽鶴の毯《たん》が敷いてあるから、畳の古びだけは分明でない。この客間の西側(玄関寄り)には、更紗《さらさ》の唐紙が二枚あつて、その一枚の上に古色を帯びた壁懸けが一つ下つてゐる。麻の地に黄色い百合のやうな花を繡《ぬひと》つたのは、津田青楓氏か何かの図案らしい。この唐紙の左右の壁際には、余り上等でない硝子戸の本箱があつて、その何段かの棚の上にはぎつしり洋書が詰まつてゐる。それから廊下に接した南側には、殺風景な鉄格子の西洋窓の前に大きな紫檀《したん》の机を据ゑて、その上に硯や筆立てが、紙絹《しけん》の類や法帖と一しよに、存外行儀よく並べてある。その窓を剰《あま》した南側の壁と向うの北側の壁とには、殆ど軸の掛《か》かつてゐなかつた事がない。蔵沢《ざうたく》の墨竹が黄興《くわうこう》の「文章千古事」と挨拶をしてゐる事もある。木庵《もくあん》の「花開万国春」が呉昌磧《ごしやうせき》の木蓮と鉢合せをしてゐる事もある。が、客間を飾つてゐる書画は独りこれらの軸ばかりではない。西側の壁には安井曾太郎氏の油絵の風景画が、東側の壁には斎藤与里氏の油絵の草花が、さうして又北側の壁には明月禅師の無絃琴と云ふ草書の横物が、いづれも額になつて挂かつてゐる。その額の下や軸の前に、或は銅瓶に梅もどきが、或は青磁に菊の花がその時々で投げこんであるのは、無論奥さんの風流に相違あるまい[9]。

漱石の部屋の芥川の描写は、机の上の石印や万年筆にまで及んでいく。こうした描写からもわかるように、漱石は、自ら「家に對する趣味は人並に持つて居る。此の間も麻布へ骨董屋をひやかしに出掛けた」と述べているように、部屋を整えている。
芥川が記した漱石の部屋に飾られているものの中からいくつかにふれておくと、まず、蔵沢の墨竹である。江戸期の伊予（愛媛県）松山の藩士吉田蔵沢（本名吉田良香）による墨竹の図。黄興は中国の革命家。第二革命に敗れ、東南アジアへ逃亡した後、日本に亡命し、東京新宿にあった機関誌民報編集所に身を隠す。孫文と意見が分かれ、アメリカに行く。一九一六年、帰国し孫文と手を結ぶがまもなく病死する。その黄興による書が漱石のところにあったのだろう。木庵は、徳川初期の儒者那波木庵。呉昌蹟は、中国清代末に活躍した画家、書家、篆刻家。いわゆる文人である。明月禅師は、十八世紀末に亡くなった松山市円光寺の和尚。良寛、寂厳と並び三筆の一人と称される。(10)これだけ並んでも、すばらしいコレクションである。いかに漱石が部屋に心を使っていたかがわかる。

ついでながら、芥川は、一九二〇年の「中央文学」のアンケート「日記のつけ方」に回答を寄せている。

一、文学青年には日記が必要でせうか。
無からん
二、貴下は日記をおつけになりますか。
つけたりつけなかつたり、
三、参考までに日記のつけ方を示して下さい。
精粗でたらめ、
四、日記をつければ効果がありますか。
大したものならず、
五、何店発行の日記を御使用になつてゐます。

半紙三帖とぢの帳面大抵手製なり。(11)

芥川の日記は一九一九（大正八）年の「我鬼窟日録」、一九二五（大正十四）年「澄江堂日録」、そして前年の七月から避暑のために滞在した軽井沢での日記「軽井沢日記」などのほか、「手帳」として遺されている。

荷風や漱石が部屋をそれなりに整える経済力があったことに対して、啄木の場合は、その絶望的な貧困ゆえに生涯、まともな部屋を持つことができなかった。一九〇六（明治三十九）年、経済的困窮の中で、啄木は「澁民日記」を書いている。

「母とせつ子と三人、午前七時四十分盛岡發下り列車に投じて、好摩駅に下車。凍てついて横亡りする雪路を一里。街の東側の、南端から十軒目、齋藤方表坐敷が乃ち此の我が家が一家當分の住居なので。

不取敢机を据ゑたのは六疊間。疊も黒い、障子の紙も黒い、壁は土塗りのまゝで、云ふ迄もなく幾十年の煤の色。例には洩れぬ農家の特色で、目に毒な程焚火の煙が漲つて居る。この一室は、我が書齋で、又三人の寝室、食堂、應接室、すべてを兼ぬるのである。ああ都人士は知るまい、かゝる不滿足の中の滿足の深い味を」(12)

東北の寒村ではまだ凍てつくような冷たさが残っている中、雪道で滑る足下に注意しながら約四キロを、妻と母と三人で歩く。たどりついた家は、六畳ひと間の古家。いかにも哀れだ。

汚れた古畳と古障子に土塗りの壁の六畳間。啄木はそれが「我が書斎」であるという。また、それが三人の寝室であり食堂であり、応接室でもある。この「一室」がすべてである。

それが「我が書斎」となるのは、取り敢えず置いた机があるからだ。この絶望的なまでに貧しい部屋にあって、啄木にとって大切なものは「机」である。

書斎では「机」がもっとも重要な役割を持っている。椅子だけでは書斎にならない。読み書きをするための装置である机は、思考するためにも大きな効果を持つ。机が置かれると、部屋は机の所有者の空間になる。「部屋」では、まずは「机」こそが住まいの主の存在を物質として位置づける。啄木の六畳ひと間の貧しい住まいは、啄木の机が置かれることで、その部屋は啄木が主となる。六畳がすべての住まいで、その片隅に置かれた「机」だけが啄木の「部屋」だった。

生涯、貧しい借家に生活した啄木は、一九一一（明治四十四）年、「家」という詩を書いている

今朝も、ふと、目のさめしとき、
わが家と呼ぶべき家の欲しくなりて、
顔洗ふ間もそのことをそこはかとなく思ひしが、……

肺結核で亡くなる前年に書かれた詩である。貧しさゆえに最後まで転居を繰り返した啄木も、安定した美しい住まいが欲しかったのである。家族が揃って安住することのできる住まいや部屋を持てなかった啄木の悲しさが伝わってくる。

経済的には恵まれていた荷風と絶望的貧困の中で生きた啄木とは、その住まいや部屋に、もちろん経済的に異なったものが反映される。しかし、住まいや部屋が、そこに住まう人の痕跡であるとすれば、それはそれぞれおのずと異なったものとしてあるはずだ。

亡き父の豊かな遺産を継いだ荷風は、趣味を凝らした部屋「断腸亭」を、当初、自らの「終焉の地」と考えていた。しかし、ある出来事を契機に、荷風はその住まい、部屋を捨て去ることになる。しかし、仮に、その「断腸亭」と名づけた部屋を棄てることなく、そこに「隠れ住みて先考遺愛の書画を友として」余生を送ったとしたら、荷風の生き方、そして表現のあり方は異なったものになっていたろう。「断腸亭」を見放し、「偏奇館」で、やがて四畳半の部屋に万年床を敷き、電話帳を枕にして生活し、都市を自らの住まいであるかのように遊歩する。それが荷風の住まい、部屋となった。

他方、啄木は困窮の中で「机」だけを自らの書斎にしている。貧しいが故に、多くのものを持つことができなかった啄木だが、自分の部屋（書斎）が欲しかったことが伝わってくる。たったひと間の部屋が、家族全員の寝室であり食堂であり、応接室であり、書斎といった状況の中で、啄木はやはり自分の創作をするためには、本来は閉じこもることのできる部屋が必要だった。

そして、漱石であるが、借家ではあるが「漱石山房」と称して、部屋を書画骨董で整えていた。漱石自身が「家に對する趣味は人並に持つて居る」のだと述べている。また、芥川龍之介が描写しているように、部屋を書画で飾り、仕事用には大きな紫檀の机、その上に硯や筆立てが、紙絹の類や法帖と一緒に、存外行儀よく並べてある。重厚な部屋である。「文豪」という形容がぴったりしているというべきだろうか。

部屋からの影響

人々はそれぞれに、意識的であれ無意識にではあれ、自身の部屋をつくりあげていく。長年にわたって、部屋にさまざまなものを入れ込んでいく場合もあるし、ほんのわずかな期間の場合もある。部屋は、そこに住まう人がつくりあげていくのだが、その人もまた、自身の部屋から何がしかの影響を受けている。

たとえば、引っ越しを繰り返した北原白秋は、生涯に一度だけ借家ではなく自分の家をつくっている。小田原につくった「木兎の家」とそれに隣接した「離れ」、そして「赤い瓦の洋館」である。それらは、関東大震災でたちまち半壊状態となってしまうが、白秋は、しばらくその家に住み続ける。白秋にとってそこは捨て去ることのできない重要な意味を持っていたはずである。この住まい、そして部屋で、白秋は特有なジャンルとしての「童謡」の多くを創作することになる。この創作は、おそらく「木兎の家」をはじめとした住まいそして部屋から、少なからずインスパイアされてのことだったといえるだろう。

部屋への眼差し

日記には、自らの住まいや部屋だけではなく、他人の住まいや部屋についての記述を見ることができる。荷風の場合は、部屋の様子を文章だけではなく、スケッチしたり、さらには住まいの周辺をカメラで記録したりもしている。その眼差しは「探偵」のようでもある。漱石の『吾輩は猫である』では、「吾輩」の「主人」である苦沙彌先生は「探偵」を毛嫌いしている。しかし、気の毒なことに名前さえ与えてもらうことなく死んでいく「吾輩」は、あちこちに出歩く探偵のような猫でもある。漱石自身もまた、たとえば、烏森から愛宕あたりを散策ついでに、生活者の部屋を観察している。そこから、地域や時代のあり方あるいは精神性を読もうとしている。

荷風もまた探偵のように部屋を観察する。一九三六（昭和十一）年九月六日の日記に荷風は次のように記している。

「言問橋をわたり乗合自働車にて玉の井にいたる。今年三四月のころよりこの町のさまを観察せんと思立ちて、折々來りみる中にふと一軒憩むに便宜なる家を見出し得たり。その家には女一人居るのみにて抱主らしきものゝ姿も見えず、下婢も初の頃には居たりしが一人二人と出代りして今は誰も居ず。女はもと洲崎の某樓の娼妓なりし由」(13)

荷風は、この家に出入りし、留守を頼まれると、「退屈まぎれに簞笥戸棚などの中を調べて見たり」している。さらに、部屋の様子を簡略にスケッチしている。その上に、周辺をカメラで撮影している。こうした探偵のような眼差しで観察したことを日記『断腸亭日乗』に記録する。玉の井でのこうした観察は、小説『濹東綺譚』の「お雪」とその部屋の造形に使われている。

部屋の様子は、小説でも演劇の舞台装置でも映画のセットでも、そこに住まう人々の生活のあり方、感覚、意識さらにはその時代における社会や文化のあり方を伝えてくれる。そのことをはっきりと認識していたから、漱石にしても荷風にしても、人々の部屋を探偵のように観察していたのだろう。さらには、人々の部屋への興味を抱いていたのだろう。

そうした部屋への視線とは、やや異なった眼差しをもっていたのは寺田寅彦である。

寺田寅彦は、晩年の正岡子規の住まいを訪ね、その部屋の模様から、子規の病状や心の動きを読もうとしている。その眼差しは、何かを傷つけるものではなく、やさしいものである。寅彦にとって、他者の部屋は、そこに住まう者の精神や感覚をあらわす「徴候」（セレンディピティ）としてあったともいえる。それは、地球をふくめて自然環境にメスを入れることなく、そこにあらわれてくる徴候を読みとろうとした柔らかな物理学者としての眼差しがある。

寅彦が、子規を訪ねた時の玄関での観察は次のようなものだ。

「黒板塀《くろいたべい》と竹やぶの狭い間を二十間ばかり行くと左側に正岡常規《まさおかつねのり》とかなり新しい門札がある。黒い冠木門《かぶきもん》の両開き戸をあけるとすぐ玄関で案内を請うと右わきにある台所で何かしていた老母らしきが出て来た。姓名を告げて漱石師よりかねて紹介のあったはずである事など述べた。玄関にある下駄《げた》が皆女物で子規のらしいのが見えぬのがまず胸にこたえた。外出という事は夢のほかないであろう(14)」

玄関に置かれている下駄はいずれも女性用のものであった。つまり子規の下駄はない。したがって、子規はもう下駄をつっかけて、外を散策することもできないような健康状態にあることを寅彦は読み取り、「胸にこたえた」というのである。

日本の近代の作家たちが、自らの住まいや部屋を日記の中でどのように記述したのか。そして、他人の部屋をどのように見ていたのか、観察したのか。そこには、住まいや部屋にかかわる意識や感覚あるいは思考がかかわっている。そうした記述からどんなことが読みとることができるのだろうか。

本書は、そうした作家たちの日記を行きつ戻りつしながらの、読書（読み書き）から成っている。

注

（1）ドナルド・キーン『ドナルド・キーン著作集』第二巻「百代《はくたい》の過客《くわかく》」所収（新潮社　二〇一二年）
（2）内田百閒『百鬼園日記帳』（旺文社　一九八四年）
（3）ドナルド・キーン「続百代の過客」『ドナルド・キーン著作集』第三巻所収（新潮社　二〇一二年）
（4）、（5）、（6）、（7）　永井荷風『断腸亭日乗』第一巻（岩波書店　一九八〇年）
（8）夏目漱石「文士の生活」『漱石全集』第三十四巻所収（岩波書店　一九八〇年）
（9）芥川龍之介「漱石山房の秋」『芥川龍之介全集』第五巻所収（岩波書店　一九九六年）
（10）『芥川龍之介全集』第五巻、注解。
（11）芥川龍之介「日記のつけ方」『芥川龍之介全集』第五巻所収（岩波書店　一九九六年）
（12）石川啄木「澁民日記」『石川啄木集』（「日本現代文學全集」講談社版39所収　一九六七年、初版一九六四年）
（13）永井荷風『断腸亭日乗』第四巻（岩波書店　一九八〇年）
（14）寺田寅彦『寺田寅彦全集』第一巻（岩波書店　一九六〇年）

強固な趣味の精神的空間　夏目漱石

夏目漱石の日記は、岩波書店の『漱石全集』（新書版・一九七九年）の第二十四巻から第二十六巻に収録されているものに依拠するなら、間断はあるけれど、一九〇〇（明治三十三）年九月八日から一九一六年（大正五）七月二十七日までのものを読むことができる。[1]つまり、文部省から命ぜられたロンドン留学へと横浜港から出発するところからはじまり、死のおよそ四か月余前までの記述である。

漱石は、「部屋」にどのような眼差し（意識）をむけていたのだろうか。部屋についての漱石の記述には、ふたつの傾向があるように思える。ひとつは、自身の住まいについての記述である。これは空間を記述するというよりも、そこでの行為、とりわけ植物を飾り、愛でるといったことにまつわる「もの」への趣味ともいうべきことがらが記述されている。そのことから、漱石自身がどうやら強固な趣味の精神的空間をもっていることが見えてくる。そして、部屋から庭を眺め、部屋に花を活け、書画骨董を手にし、身体（内臓）の障害に苛まれつつも、部屋を楽しむ漱石の姿がある。

そして、二つ目は、他者の部屋への眼差しである。これは、いわば「観察者」の視点であり、部屋から、地域や時代や人々の精神性（文化）を読みとろうとしていたのではないかと思える。

病と食事——身体

漱石が部屋についてどのように記述していたかを検討する前に、まずは身体についての記述を見ることからはじめよう。あえていえば、漱石にとって身体は消化器（内臓）を介して意識されている。内臓（internals）は、単数形ではinternalで、部屋を意味するインテリアと語源的には共通している。インターナルは、体内、精神的なといった意味がある。自らの身体（内臓）を観察（意識）することは、どこかで自己の内側を意識することでもある。
漱石がさかんに自身の身体について記述するのは、一九一〇（明治四十三）年の「胃腸病院」への入院、それに続く伊豆修善寺の旅館菊屋での療養生活の記述に集中している。痔瘻や便秘、胃潰瘍あるいは精神的な疾患など健康に関わることがらが目立つ。また、食事や食べ物についての記述も目につく。まずは、食事についての記述をみておこう。

六月十八日〔土〕濃陰。胃腸病院に入院。床が敷いてあるから寐る。午飯、牛乳、玉子、刺身。米飯三杯。夜。牛乳、玉子、茶碗蒸但し中味何もなし。

六月二十一日〔火〕。暁起（四時過）。眼に映るもの悉く雨に濡れたり。鳩　軒に鳴く。風北より吹く。

深陰雨ならんとす。居室冷ならず。
○今朝硝酸銀の薬を呑む。粘液を洗ふためならん。
○病院の食事は。三度々々半熟玉子一個。牛乳一合なり。朝は是は《〔に〕》麺麭《〔パン〕》二切れ。バタ二片。ひるは刺身。晩は玉子豆腐又は魚の煮たものも《〔原〕》、又は玉子焼等なり。

胃腸病院の食事についての記述だが、玉子や牛乳あるいは魚など蛋白質のものが中心で、なぜか野菜がふくまれていない。量はかなり多いように思える。
七月三十一日に胃腸病院を退院し、療養のために修善寺の菊屋に着いたのは、八月六日。翌日の八月七日には次のような記述がある。

雨聲。雨戸をあくれば渓聲なり。上厠無便。浴漕《〔槽〕》に下る。混雑。妙な工夫をしてひげをそる。朝飯鶏卵二個。汁一。飯三。飯後上厠便あり。

ここでも、少なくない量の食事のことが記されている。漱石の日記では、病院そして修善寺での療養期間中だけではなく、食べ物のことがしばしば記録されている。どのページでもよいのだけれど、たとえば、一九〇九（明治四十二）年の四月十日には「秋田蕗の砂糖漬を食つて細君に叱られる」。四月十四日「夕刻虚子庵に行く田楽の馳走。東洋城狐鮨をもたらし来る。酒二合あまりを飲む」といった記述が見られる。

松根東洋城《とうようじょう》は本名の豊次郎をもじった俳号。松根は、愛媛県尋常中学校に赴任した漱石に、英語を学んで以来、漱石との交流が続き、漱石の俳句の門下生となった。後に虚子とは交流を断つことになった東洋城がこの日、虚子のところに持ってきた「狐鮨」とは「稲荷寿司」のこと。

胃潰瘍と便秘、そして痔瘻に悩む漱石は、自然と食べ物を気にしていたのかもしれないが、それだけではなく、「蕗の砂糖漬け」をつまんだり、味覚を喜ばせるものへの関心が少なからずあった。

修善寺での療養中の九月二十三日には「粥も旨い。ビスケットも旨い。オートミールも旨い。人間食事の旨いのは幸福である」と書いている。嵐山光三郎は『文人悪食』の中で、漱石は「食事に関して並々ならぬ関心を持っていた」と書いている。（2）

それにしても、胃腸病院そして修善寺での療養中の日記には、食べることと体調に関する記述が繰り返され、それがどこかしら鬱陶しい気分へとつながっているように思える。

日付は前後するが、菊屋に逗留をはじめて、三日目には次のように記している。


八月八日〔月〕雨。五時起　上厠便通なし。入浴。浴後胃痙攣を起す。不快堪へがたし。
○十二時頃又入浴又ケイレン。漸く一杯の飯を食ふ。
○隣の客どこかへ行く。雨月半分と藤渡〔戸〕半分を謡ふ。四時過松根より迎、足駄をかりて行く。七時頃晩餐。誂ものをわざ〳〵本店から取り寄せる。午よりは食慾〔原〕あり。松根に含漱剤を作ってもらつてうがひをする。かんの聲が潰れたので咽喉と鼻の間を濕すと少しは好い心持なり。鼻《はな》洟《しる》を拭ふ。（中略）

○余に取つては湯治よりも胃腸病院の方遙かによし。身体が毫も苦痛の訴がなかつた。萬事整頓して心持がよかつた。便通が規則正しくあつた。

便秘、胃痙攣、さらには何が原因かは記されていないが「かんの声」つまり甲（カン＝高い）声が潰れたので咽喉と鼻の間を湿したという。これほど身体の不調を記録し続けることで、漱石は自らの身体の存在を確認していたといえるだろう。通常、なにも故障のない身体については、自らそれを観察したり記録することはない。故障・障害が、身体を意識させるのだ。

つまり、わたしたちは、たとえば胃の障害がある時に、はじめて胃という内臓の存在を意識する。ときには、あばれる胃を売薬でおさえようとする。何も障害がなければ、その存在すら意識にのぼることはない。身体の障害は、自分の身体の存在を確認しつつ、他方では、かつて自らの健康であった身体、あるいは他者の健康で凛とした身体を強く意識することになる。

漱石は、身体（内臓）の不快を意識し、それを記録することで、自らの気分（感覚・感情）あるいは思考のあり方を確認していたといえるだろう。

身体を害した人間にとっては、時として、若々しく眩しいような健康な身体が、いかに心地良くのびのびとして愉快なものであるかを想像することにもなるだろう。漱石にも、病める身体とともに、それとは対極にある身体への遠い記憶があったかもしれない。

漱石は死の二年前、一九一四（大正三年）に『東京朝日新聞』と『大阪朝日新聞』に『こゝろ』（連載時「心《こゝろ》」、副題名「先生《せんせい》の遺書《ゐしょ》」）を連載している。その冒頭近くに、鎌倉の海岸での学生（私）

と先生との海水浴の記述がある。
私は先生の後《あと》につゞいて海へ飛《と》び込《こ》んだ。さうして先生と一所《しよ》の方角に泳いで行つた。二丁程沖へ出ると、先生は後《うしろ》を振《ふ》り返つて私に話し掛けた。廣い蒼い海の表面に浮いてゐるものは、其近所に私等二人《ふたり》より外《ほか》になかつた。さうして強い太陽の光《ひかり》が、眼《め》の届《とゞ》く限《かぎ》り水と山とを照《て》らしてゐた。私は自由と歓喜《くわんき》に充《み》ちた筋肉《きんにく》を動かして海《うみ》の中《なか》で躍《おど》り狂つた。先生は又ぱたりと手足《てあし》の運動を已《や》めて仰向になつた儘浪《まゝなみ》の上《うへ》に寐《ね》た。私も其真似《まね》をした。青空《あをそら》の色《いろ》がぎら〳〵と眼《め》を射るやうに痛烈な色《いろ》を私の顔に投《な》げ付けた。「愉快ですね」と私は大きな聲を出した。[3]
この眩しいまでの解放感のある健康な身体の楽しさ。まさに「愉快ですね」と言いたくなる。消化器系の障害がひどくなっているなかで書かれた小説である。それは、自らの内臓の障害が日々、意識にのぼるからこそ、その対極にある、光を浴びた海辺の眩しいまでに健康な身体が思い描かれたようにも思える。
この場面を、イギリスの研究者スティーバン・ドッドは「ゲイ文学」という文脈で解釈している。[4] それを否定する力はわたしにはないが、むしろ漱石の「健康な身体」への遠い記憶のようにわたしには思える。また、損なった身体(内臓)を自ら確認し、その時々に身体の状況の変化を比較し記録することで、漱石の思考や感覚ははっきりとしたものとして自身に位置づけられていたのではないだろうか。

内臓を病んだ疎ましい身体から解放され、まったくそれを意識することもない身体を想像してみる。しかし、そうした解放された身体を本当に漱石が自らに望んでいたかどうかはわからない。疎ましい身体こそが漱石にとって自身の存在を確認させるものであった。

室内劇――こゝろ

『こゝろ』(5)の先生は、主人公と避暑地の鎌倉で出会って海水浴をともにする。広がる海、輝く太陽と青空の中にいながら、主人公から「愉快ですね」と声をかけられても、先生は実のところさほど「愉快」な気分ではなかった。まるで寐るように身体を浪にまかせる。それは、あらゆる行動を放棄する。あるいは停止させることであったのかもしれない。

先生は学生時代に、小石川にある未亡人の家に下宿する。やがてその下宿に同級生Kを紹介し、隣り合った部屋で生活することになる。そこで事件が起こる。Kが下宿のお嬢さんに心を寄せていることを明かす。実は先生もお嬢さんに心を寄せており、Kが不在の折りに、下宿の奥さんにお嬢さんと結婚させてもらいたいと申し込む。結婚話は受け入れられるのだが、友人Kは、自殺する。

この小説では、後半で、先生のそうした過去が「遺書」として語られる。隣り合わせの部屋に下宿する先生と友人Kとのやり取りの物語は「室内劇」のように展開する。友人Kの死後、結婚した先生は、罪の意識を抱え、結局なにもすることなくただ時間をやり過ごすような生き方をするしかなかった。ちょうど、浪に身体をまかせて寐るように。そのあげくに、自殺する。やりきれないほどに鬱々とした物語である。主人公の青年に宛てた先生の遺書の終わり近くには次のように書かれている。

記憶して下さい。私《わたくし》は斯んな風にして生きて來たのです。始めて貴方に鎌倉で會つた時も、貴方と一所《いつしよ》に郊外を散歩した時も、私の氣分に大した變りはなかつたのです。私の後《うしろ》には何時《いつ》でも黒い影が括《く》ツ付《つ》いてゐました。私は妻《さい》のために、命を引きずつて世の中を歩いてゐたやうなものです。

先生とその友人のKとのやり取りは「室内劇」のようだと述べたが、それは、Kが小石川の同じ下宿にやってくる以前、先生が下宿で生活しはじめたところからすでに「室内劇」風に物語りは展開しはじめる。下宿での生活が少し馴れはじめると、先生は下宿の奥さんとそのお嬢さんに心を開いていく。

私《わたくし》の心が靜まると共に、私は段々家族のものと接近して來ました。奥さんとも御孃さんとも笑談《じようだん》を云ふやうになりました。茶を入れたからと云つて向こふの室《へや》へ呼ばれる日もありました。また私の方で菓子を買つて來て、二人を此方《こつち》へ招いたりする晩もありました。私は急に交際の區域が殖《ふ》えたやうに感じました。(中略)

私を呼びに來るのは、大抵《たいてい》御孃さんでした。御孃さんは縁側を直角《ちよくかく》に曲《まが》つて、私の室の前に立つ事もありますし、茶の間を拔けて、次の室の襖《ふすま》の影から姿を見せる事もありました。御孃さんは、其所へ來て一寸《ちよつと》留まります。それから屹度私の名を呼んで、「御勉強？」と聞きます。
奥さんとお嬢さん、そして先生の部屋の関係が、そのまま人間関係のあり方を描いている。そうした描き方が、先生と友人Kとの関係の表現へとつながっていく。先生は、Kを自分の下宿にさそい、そこで生活させる。

私《わたくし》の座敷には控《ひか》えの間《ま》といふやうな四疊が付属してゐました。玄關を上《あ》がつて私のゐる所へ通らうとするには、是非此四疊を横切《よこぎ》らなければならないのだから、實用の點から見ると、至極不便な室《へや》でした。私は此所へKを入れたのです。尤も最初は同じ八疊に二つ机を並《なら》べて、次の間《ま》を共有にして置く考へだつたのですが、Kは狹苦《せまくる》しくても一人《ひとり》で居る方が好《い》いと云つて、自分で其方《そつち》のはうを撰んだのです。

こうした部屋のシェアの仕方によって、先生とKとの関係が暗示される。そして、やがてお嬢さんとKの関係に先生は、自らは無意識のうちに嫉妬を感じるようになっていく。

一週間ばかりして私《わたくし》は又Kと御孃さんが一所に話してゐる室《へや》を通り抜けました。其時御孃さんは私の顔を見るや否《いな》や笑ひ出しました。私はすぐ何が可笑《をか》しいのかと聞けば可《よ》かつたのでせう。それをつい默つて自分の居間迄《まで》來て仕舞つたのです。だからKも何時《いつ》ものやうに、今歸つたかと聲を掛ける事が出來なくなりました。御嬢さんは障子を開けて茶の間へ入《はい》つたやうでした。

お嬢さんへの先生の気持ち、そしてKへの気持ちが、部屋で話をする二人の前を通り抜けるという場面で暗示されている。

したがって、この物語の後半は、「室内劇」として語られているといっていいだろう。部屋によって人間関係を描くことで、どこか息の詰まるような陰鬱な気分が伝わってくる。

うたた寝

身体（内臓）の障害を抱えた漱石は、身体を横たえ、あるいはうたた寝することを好んだ。それはまた漱石の思考のスタイルであったともいえる。一九一一（明治四十四）年の日記に次のように記している。

六月五日〔月〕

○暑昨日と同じ北側の縁に出て、籐椅子で寐て、ノイエ・ルンドシヤウを見る。

漱石は、部屋（廊下・縁側）では「籐椅子」で寐ることを好んだ。七月十一日の日記でも「かん〳〵照り付ける。殆ど堪へがたい。籐椅子の上でこん〳〵」としてゐる」と記している。

身体を横たえる、うたた寝する、「臥床」するということでは、つげ義春の『退屈な部屋』が思い起こされる。ゴロリと横になる（臥床する）ことが『退屈な部屋』の小川（主人公）のもっとも好む行為である。「臥床」は、人間の行動の中でもっとも単純なものであり、あらゆる行動を捨て去ったミニマルなものだといえるだろう。何もない部屋での臥床が小川の存在を特徴づけている。あらゆる行動を放棄する小川のごろ寝である。[6] 漱石もまた「部屋」でさかんにごろりと寝るのだ。

かつて蓮實重彦は『夏目漱石論』の中で、漱石の物語をめぐって次のように指摘している。


漱石の小説のほとんどは、きまって、横臥の姿勢をまもる人物のまわりに物語を構築するという一貫した構造におさまっている。（中略）あまたの漱石的「存在」たちは、まるでそうしながら主人公たる確かな資格を準備しているかのごとく、いたるところにごろりと身を横たえてしまう。睡魔に襲われ、あるいは病に冒され、彼らはいともたやすく仰臥の姿勢を受け入れるのだ。横たわること、それは言葉の磁場の表層にあからさまに露呈した漱石的「作品」の相貌というにふさわしい仕草にほかならぬ。[7]

たしかに、『吾輩は猫である』『それから』『門』『明暗』と、漱石の作品には、ごろりと横になる場面が描かれる。

また、さきに引用した『こゝろ』における海の場面でも、「先生は又ぱたりと手足の運動を已めて仰向になつた儘浪の上に寐た」と記述している。小説の中では、横臥するのは、「部屋」においてばかりではない。先生のこうした仰臥を見た語り手の「私」もまた「其真似」をしている（仰臥した）のである。

この場面について、さきに、それは強い光のもとでの凜とした身体の動きへの、遠い記憶が関わっているのではないかと記した。

しかし、この同じ場面について、蓮實は、「『先生』は、無言のうちに、横たわる術を青年に教えているのである」という。つまり、先生は、闊達に動き回る青年の身体に対して、静止する身体を示しているということだろう。

そして「漱石にあっての『仰臥』の主題、それは作中人物の疲労や肉体的疾患から導きだされる姿勢としてより、それ以上に、言葉そのものが作家漱石に選択をしいる小説フォルムの特権的な顕在化にほかならぬということなのである」(8)と指摘する。

あらゆる行動を捨て去り、あるいは宙づりにし、いわば待機状態にすることから、次の行為や言葉を繰り出していく。そうした人物が漱石の小説の中心に置かれる。

蓮實の漱石論は、いわゆるテクスト批評のスタイルをとっており、漱石自身の実像とは結びつけることはしない。しかし、漱石の日記には、彼自身がよく「寐た」ことが記してあり、そうした彼の日常の行為を、小説のなかでの主人公の「臥床」と結びつけてみたくなる誘惑は捨てがたい。たしかに、小説の主人公と作者を同一とみることはできない。しかし、小説の主人公と日記の書き手を同じ地平においてみることはできる。

束の間の眠りは、日々、日記に書きつける身体（内臓）の疎ましさを、一瞬押さえ込んでくれることは間違いない。束の間の眠りと覚醒が繰り返される。

ところで、一九一一年の六月五日、つまり、北の廊下で籐椅子で寐たという同日であるが、その記述の先には次のように書かれている。

○一週間前に黒い猫をもらつて来た。是は飄《ひょう》げた顔をした怪物であつた。貰つた夜はえひ《い》子とあい子をひつかいて寐かさなかつたと云ふ。次の夜は妻の夜具の上へ糞をした。其次の夜はゲツ〱と云つて何か吐いた。又其次の日はあい子が猫の糞をつかんで泣き出した。今日は朝からオルガン〔の〕後ろへ這入て仕舞つた。

あい子は漱石の四女。もらってきた黒猫がなかなか手なずけられず、「オルガン」の後ろに入ってしまったとある。漱石の部屋には、籐椅子やオルガンなどがあったことがうかがえる。この記述の二年前、一九〇九年の三月二十三日の日記に「昨日寺田から留守中預つたオルガンを子供がしきりに鳴らす」とあるから、このオルガンは寺田寅彦のものだろう。寺田寅彦から預かり、以来ずっと漱石の家に置かれているということになる。寺田寅彦の日記には、寺田がオルガンやピアノを好んで弾いたことが記されている。

寺田から預かったこのオルガンは、猫が隠れた時には、とっくに故障したものになっていた。寺田寅彦から預かった同じ年の一九〇九年、六月には次のような記述が見られる。

六月六日　日
（中略）酒井さんの御嬢さんオルガンを壊す。

オルガンを預かってわずか二か月余りで、壊れてしまった。そのためだろうか、その二週間ほど後には、ピアノの話題が出てくる。

六月二十一日　月
雨。とう〳〵ピヤノを買ふ事を承諾せざるを得ん事になつた。代價四百圓。「三四郎」初版二千部の印税を以て之に充つる計畫を細君より申し出づ。いや〳〵ながら宜しいと云ふ。

六月三十日　水
晴。夜に入って雨。中島さん来る。ピヤノ来る。中鳥〔島〕さんの指揮の下に座敷へ擔ぎ込む大騒ぎなり。

漱石の和風の住まいには、オルガンや籐椅子、さらにはピアノといった西洋風の道具や家具が設えられている。
一九一一年の冬の日記には次のような記述がみられる。

十二月十三日〔水〕

○こたつであい子とふざけて遊ぶ。御八つの焼芋を食ふ。
○空密に暗く部屋凍るやうに寒し。ストーヴを焚く。瓦斯《ガス》漏れて臭ければやめる。
暖房として、炬燵のほかに瓦斯ストーヴを使っている。ストーヴを置いている部屋を「部屋」と記しているが、はたしてそれが洋間かどうか。いずれにしても、家具・什器は和洋折衷であったことがうかがわれる。

書斎は洋間であり、住宅の外観も書斎の南は、ベランダになっており、和洋折衷の住まいであった。

もっとも、漱石が一九〇七（明治四十）年から最後まで過ごした早稲田の住まい（漱石山房）は、彼が好んでつくらせたものではない。もとは医者の家で、漱石が書斎として使っていた洋間は「診察室」であったのではないかと考えられている。したがって、もともと和洋折衷の住宅であった。

とはいえ、一九二〇年代あたりから広がっていったいわゆる「中廊下式」と呼ばれる住宅ではなさそうだ。居室を取り囲む縁側はいわゆる外廊下であり、座敷やその他の居室は外廊下をとおって行き来する。外廊下の住宅では、それぞれの部屋は、壁によって仕切られることなく、個室化されていない構成になっている。そうした外廊下式の住宅に対して、それぞれの部屋を壁によって仕切り、個室化する洋風の住宅を構成するには、家の中央に、各部屋をつなぐ「中廊下」が必要だった。

中廊下式の住まいは、欧米の近代的プライバシーの観念を反映するものであった。

そうした中廊下式の住まいが、いつごろから日本に現れてくるのか、正確にはわからないが、青木正夫らの『中廊下の住宅』によれば、一九〇九年ごろに、中廊下式の住宅が成立したのではないかという。ただし、一九一五（大正四）年になっても一般化はしていなかったのではないかとも述べている。(9)

「漱石山房」は、南側は洋風ベランダ（縁側＝外廊下）、そして北側にも縁側があるとすれば、中廊下ではない、日本の伝統的な構成による住まいであったといえるだろう。外観が一部、和洋折衷であったといった方がよいかもしれない。

「漱石山房」についてふれた文章がある。

此家は七間ばかりあるが、私は二間使つて居るし、子供が六人もあるから狭い。家賃は三十五圓である。家主は外《よそ》との釣合があるから四十圓だと云つて呉れと云つて居るが、別に嘘を云ふ事もないと思つて、人には正直に三十五圓だと云つて居る。家主が怒るかも知れぬ、地坪は三百坪あるから、庭は狭い方では無い。然し植木は皆自分で入れたのだから、こんな庭の附いてゐる家としたら、三十五圓や四十圓では借りられないだらう。（中略）
私はもつと明るい家が好きだ。もつと奇麗な家にも住みたい。私の書齋の壁は落ちてるし、天井は雨洩りのシミがあつて、随分穢いが、別に天井を見て行つて呉れる人もないから、此儘にして置く。何しろ畳の無い板敷である板の間から風が吹き込んで冬などは堪らぬ。光線の工合も惡い。此上に坐つて讀んだり書いたりするのは辛いが、氣にし出すと切りが無いから、關はずに置く。此間或る人が來て、天井を張る紙を上げませうと云つて呉れたが、御免を蒙つた。別に私がこんな家が好きで、こんな暗い、穢い家に住んで居るのではない。餘儀なくされて居るまでゞある。(10)

漱石山房は、借家なので部屋空間そのものは、改築などによって変更することができないのだろう。しかし、庭の植物と部屋に置かれた家具や什器は漱石自身が設えたものである。庭の植物は、漱石自身が植えたものであり、それを縁側や部屋から眺めることを漱石は好んでいた。

部屋に置かれた設えもまた、漱石によるものであったと考えていい。残された写真によれば、漱石の書斎は、板の間に絨毯を敷き、中国風のデザインの坐机を置いている。そこからは、和と洋そして唐(中国)趣味の混在が感じられるが、自らの部屋についての詳細な記述は、漱石の日記にはみられない。

日記とともに書かれた「断片」(ノート)には、英文が多くみられる。また、たとえば、一九一〇年、菊屋旅館での療養中にはさかんに漢詩をつくっている。そうしたことから和と洋と漢の趣味をはっきりとみることができる。

時として、部屋の構造そのものよりも、部屋の雰囲気は、そこに置かれた家具や什器によって構成されると考えたほうがいい。漱石の部屋への趣味ははっきりしていた。結果的には漱石は生涯、借家で過ごすことになった。それは「暗い、穢い家」だが「気にし出すと切りが無いから、関はずに置く」という。
では、漱石は家そのものに対する趣味は希薄だったのか。おそらくそうではないだろう。次のように漱石は述べている。

家に對する趣味は人並に持つて居る、此の間も麻布へ骨董屋をひやかしに出掛けた歸りに、人の家をひやかして來た。一寸眼に附く家を軒毎に覗き込んで一々點数を附けて見た。私は家を建てる事が一生の目的でも何でも無いが、やがて金でも出來るなら、家を作つて見たいと思つて居る。併し近い将來に出來さうも無いから、如何云ふ家を作るか、別に設計をして見た事は無い。(11)

庭の植物、部屋の家具や調度に少なからず力を注いでいた漱石は、家そのものにも趣味があったはずだが、それを実現できないままに終わったということなのだろう。

部屋から庭を眺める――縁側

ところで、すでに見たように、一九一一年六月五日の日記で「昨日と同じ北側の縁に出て、籐椅子で寐」と漱石は記している。縁側は、「部屋」と「庭」との縁（関係づける）をつくる空間である。北の縁側に居るのは、日記に記されているように「暑い」という理由もあるが、日本住宅に特有な内部と外部の中間の空間を、漱石は好んだのではないか。とはいえ、この外廊下（縁側）ははたして日本風のデザインであったかどうかはわからない。

漱石は、一九一六（大正五）年に亡くなるまで、いわゆる「漱石山房」に住み続けることになった。漱石山房の廊下に出した籐椅子に浴衣姿で座っている写真が残されている。それによると、この縁側は手すりのついたバンガローのベランダのようなデザインである。この縁側とは別の和風の縁側があったのかどうかははっきりしない。
漱石の書斎は板の間で、それを囲む縁側がベランダ風だったと思われる。しかし、玄関を挟んで反対側は、畳の部屋になっているので、その裏手の廊下は和風に設えられていたのではないだろうか。
一九一一年の七月十四日の日記に次のような記述がある。

〇六時頃散歩に出やうかと思つてゐると空が急に暗くなつて雨が木の葉を打つ音がした。夫がまたゝく間に豪然として地上のあらゆるものを鳴らしてすさまじく降り出した。すると雷がなつた。雷より稲妻の方が烈しかつた。（中略）芭蕉がすさまじく動いた。光りに恐れて下女が（縁側の戸を立てゝゐた）突然玄關へ來てつっ伏した。

漱石の住まいの庭には「芭蕉」が植えてあった。これは、残された写真でも確認できる。ベランダ風の縁側に面した庭にそれは植えられていた。写真には、「早稲田南町書斎南縁」とキャプションがつけられている。(12) 一般的に、芭蕉は北ではなく南の庭に植えるように思える。北側の庭にも芭蕉が植えられていたとは考えにくい。

写真を見るかぎり、書斎の南の庭には、芭蕉の足下には一面に木賊《とくさ》が植えられている。羊歯科の植物である木賊は、いかにも古代を感じさせる。庭一面の木賊というのは、強い趣味性が感じられる。
下女が「縁側の戸を立てゝゐた」とある。ベランダ風の縁側ではない、雨戸がつけられた和風の縁側の戸を下女は閉めていたということになる。これが北側の縁側だったのではないだろうか。一九一一年六月五日（月）の日記で、「暑昨日と同じ北側の縁に出て、籐椅子で寐て、ノイエ・ルンドシヤウを見る」と記述したさきに、さらに漱石は次のように記述している。

地面が濕つて滑かで実に好い気持で英國などでは千金を出してもこんな色と肌色〔原〕の地面は手に入らない。萩は柔かく伸びて二尺位になつた。其隣りの薄も細い葉を左右前後にひろげた。紫陽花は透る様な葉を日に照らしてゐる。猫の墓標は雨で字がかすかに残るやうになつた。前に白い小さな茶碗が具〔原〕へてある。其前に生けた竹筒の口だけが見える。中から薄紫の花の色が出てゐる。小供が東菊を挿したのだらう。静かな眠つた空気であつた、

縁側から漱石が目をむけるのは、「部屋」であるよりも「庭」である。縁側に持ち出した籐椅子でくつろぐのであれば、やはり、そこから部屋（内側）ではなく庭（外側）を観賞するのが自然なことだろう。部屋は、設えがほとんど変化することはない。それに対して、庭の植物は季節によって変化を見せる。

その庭は、「地面が濕って滑かで実に好い気持」であり「萩」「紫陽花」そして「猫の墓標」「東菊」が好ましく「静かな眠った空気」だと漱石は記している。漱石は、部屋から庭の風景をこの上なく楽しんでいる。

この庭の植物は、「芭蕉」を植えた庭とは異なっている。いかにも和風の植物である。したがって、北側の庭に面した縁側は、下女が雨戸を閉めていた和風の縁側であったのではないだろうか。これはあくまでも推測である。いずれにしても、これらの庭は、漱石の好みで設えたものである。

日本の住まいでは、その空間は、個室化した「室内」というよりも「部屋」といった方がいいかもしれない。その部屋は、庭と一体となって成立する。縁側があれば、部屋から縁側そして庭へ空間はなだらかにつながる。その全体が住まいである。部屋と庭は切り離すことができない。庭と部屋をつなぐ日本の縁側は、双方を切断する（仕切る）手すりはつけない。

これが日本の住まいの特徴のひとつだといえるだろう。したがって、できれば部屋からつながる庭の風景は、それぞれ変化があった方が好ましい。

「英國などでは千金を出してもこんな色と肌色〔原〕の地面は手に入らない」と庭の湿った地面までをも愛でている。イギリスを持ち出すことでこうした「湿潤」が日本に特有なものであることを暗示する。「千金を出しても」イギリスでは手に入らないだろうという漱石にとって、この日本的な庭が好ましかった。家は借家なので、増改築などの変更はできなかったのだろうが、庭は漱石の好みを反映していた。

この北側の庭には「猫の墓標」があると記述されているが、いうまでもなく『吾輩は猫である』

のモデルとなった猫の墓である。猫が死んだのは、一九〇八（明治四十一）年の九月のことだ。この経緯については、「永日小品」に書かれている。

妻はわざ〳〵其死態《しにざま》を見に行つた。夫から今迄の冷淡に引き更《か》へて急に騒ぎ出した。出入《でいり》の車夫を頼んで、四角な墓標を買つて来《き》て、何か書《か》いて遣《や》つて下さいと云ふ。自分は表に猫の墓と書《か》いて、裏に此下《このした》に稲妻起る宵《よひ》あらんと認《したた》めた。車夫は此儘、埋《う》めても好《い》いんですかと聞《き》いてゐる。まさか火葬にも出来《でき》ないぢゃないかと下女が冷《ひや》かした。
小供も急に猫を可愛がり出した。墓標の左右に硝子《がらす》の罎《びん》を二つ活《い》けて、萩の花を澤山挿《さ》した。茶碗に水《みづ》を汲《く》んで、墓の前に置いた。花も水も毎日取り替へられた。三ッ日目の夕方《ゆふがた》に四つになる女の子が——自分は此時書齋の窓から見てゐた。——たつた一人《ひとり》墓《はか》の前《まへ》へ来《き》て、しばらく白木《しらき》の棒を見てゐたが、やがて手に持つた、おもちやの杓子を卸《おろ》して、猫に供へた茶碗の水をしやくつて飲《の》んだ。それも一度《いちど》ではない、萩の花の落ちこぼれた水の瀝《したた》りは、静かな夕暮の中《なか》に、幾度《いくたび》か愛子《あいこ》の小さい咽喉《のど》を潤《うる》ほした。(13)

亡くなった猫の墓に花と水を供え、その水をおもちゃの杓子でしゃくって飲む小さな女の子の姿は、書斎の窓から見る漱石には、悲しく、愛おしく見えたのだろう。四つになる愛子は、さきにふれたように漱石の四女である。
寺田寅彦の日記には、「九月十四日　月　夏目先生より猫《ねこ》病死の報あり。見舞いのはがきしたたむ」とあり、それに続いて三首の句が並べられている。
みみずく鳴くや冷たき石の枕《まくら》もと
土や寒きもぐらに夢や騒がし
驚くな顔へかかる萩《はぎ》の露(14)
それからすでに三年近くを経た初夏、「猫の墓標」の前には、子どもが挿したらしい薄紫の東菊らしい花が見える。湿り気のある北の庭に萩や紫陽花とともに置かれている墓標。縁側からそれを眺める漱石は「静かな眠つた空気であつた」という。部屋と庭をつなぐ縁側という、日本に特有なもうひとつの部屋ともいうべき空間で微睡《まどろ》む漱石。庭は部屋と分離できない風景なのである。

生け花——部屋の趣味

日記の中で漱石がさかんに植物や生け花についてふれているのだが、『こゝろ』の中でも。お嬢さんが先生の部屋の床にいつも花を生けてくれると語っている。お嬢さんは琴も弾くのだが、その腕前がどれほどのものか先生には見当がつかない。「花なら私も好く分かるのですが、御嬢さんは決して旨《うま》い方ではなかつたのです」といい、そこから判断して、琴もさほどのものではなく「活花《いけばな》の程度位なものだらう」と先生は判断する。
漱石は、部屋に植物を飾ることを好んでいた。それは、暑い季節に廊下に籐椅子を出し、庭の緑を楽しんでいたことと共通している。縁側にまどろむ漱石にとっては、庭も部屋の延長のようなものであり、庭の植物も、自ら好んで活けた部屋の植物と同じように趣味の対象としてあった。
そうした漱石の好みを知ってか、漱石にはいろいろと植物が送られてくる。一九〇九年の日記に次のようにある。

三月二十四日　水
夜西村濤陰チユーリツプ一朶を送り来る。
四月三日　土
雨。朝起きたら昨日萎れて倒れかゝつたチユーリツプが真直に立つてゐた。

チューリップが日本に入ってきたのは幕末のころ。それが日本で商業的に栽培されるようになったのは、一九一九（大正八）年ごろだとされているので、当時としては、まだめずらしい植物だったのだろう。和室には似合わない華やかなチューリップを、漱石はどこに飾ったのか記述はない。
この同じ日に庭の植物についての記述がある。

草が芽を出す。いかり草、かすみ草、鋸草、

漱石は、自身では住まいの敷地は三百坪と書いているが、実際には三百四十坪あり、平屋の家の

建坪が六十坪。広い庭には、季節の植物が見られた。漱石は、植物について日記の中で少なからず記述している。一九〇九年四月二十六日。

芭蕉伸びる事三尺。生垣の要目〔かなめ〕芽を吹く。赤し。

「要目」は「要黐《かなめもち》」のことだと思われる。若葉は紅色なので通称「ベニカナメ」ともいう。バラ科の常緑樹で、垣根にする。漱石邸でもこれを生け垣にしていた。漱石は、部屋に活ける植物にも、気づかっている。同年六月九日。

盆栽の松に油を注いで蟻の巣を亡ぼす。

一九一〇年六月九日、漱石はこの日、胃腸病院に行って、「便に血の反應あり。胃潰ヨウの疑あり」と書いている。さらに次のように記している。

〇好天気。坐敷の花活に夏菊を挿す。黄のなかに赤を帯びたる小さき花簇〔むら〕がりて、ぴんと勢よく頭を並べたり。書欄の上の銅瓶には百合を活ける。色黒を帯びたる赤。菊も百合もわが心に適ふ。

六月十七日〔金〕　坐敷に百合を活ける。香強し。銅瓶に桔梗を挿す。
この翌日十八日、漱石は胃腸病院に入院する。そして入院中の六月二十六日。
○妻例の如く来る。山田茂〔繁〕子、神崎恒子前後して至る。神崎の御嬢さんが山百合と菊の花をくれる。

六月三十日〔水〕
○中村是公から楓樹の盆栽を見舞にくれる。中々見事のものなり

七月一日〔金〕
○菊の水を代ふ。楓樹の盆栽格好頗るよし。

七月九日〔土〕
○早玄關に下りて花を買ふ。鋸草。麒麟草。金龍。それを竹筒と床の間に分けて活ける。七銭。
自宅の部屋でも、さらには胃腸病院でも、漱石は花を活けるのを好んだ。鋸草は一般的には高山の植物である。麒麟草はベンケイソウ科の植物。どちらも野草である。漱石は野草を好んだのだろ

う。野草を活けることで、山野の風景を切り取った書画のようにつくろうとした。俳句的な感覚で部屋を飾った。

生け花は、おそらくさまざまな趣味にかかわっているはずだ。花器の趣味はもちろん、また普通に考えればそれは、「お茶」にかかわり茶道具へとつながっていく。ただし、本人は「自分で茶の湯を立てる事は知らぬ」[15]と述べている。書にもかかわっているだろう。書は「書画」として絵ともつながる。それは文房具の趣味へと連続していく。漱石は、自らの部屋について日記ではあまりふれていないが、花を活ける趣味から、自己の好みがはっきりしていたことが暗示されている。

花器としては、「銅瓶」の記述があるが、これは工芸的なものかもしれない。また、「竹筒」とある。竹筒の花入れを流行させたのは、千利休だといわれている。一五九〇（天正十八）年、豊臣秀吉が小田原攻めをした時に、同道した利休がつくった「竹一重切花入《たけいちじゅうぎりはないれ》」（東京国立博物館蔵）という竹筒が知られている。

漱石が花を活けた竹筒が、はたしてどのようなデザインであったかは書かれていないが、竹筒の花入れの流行が利休に始まるので、それはいかにもある「趣味」（侘び）の傾向を感じさせるものとなっている。

竹筒に花を活けた同じ七月九日、日記には「妻扇を忘れて去る」とある。胃腸病院に見舞いに来た妻が扇を忘れて帰ったというのだが、その扇について「象牙骨の銀紙に百穂の畫」と記している。渋くはあるがなかなか華やかな扇である。こうした記述に、漱石のものへの趣味的なまなざしをみることができる。

だとすれば、漱石は、部屋に置かれるさまざまなものへの気づかいは、実に細やかなものだったのではないかと思われる。書画骨董に少なからず目を向けていたことは間違いない。

書畫だけには多少の自信はある。敢て造詣が深いといふのでは無いが、いゝ書畫を見た時許りは、自然と頭が下るやうな心持がする。人に頼まれて書を書く事もあるが、自己流で、別に手習ひをした事は無い。眞の恥を書くのである。骨董も好きであるが所謂骨董いぢりではない。第一金が許さぬ。自分の懐都合のいゝ物を集めるので、智識は悉無《しつむ》である。どこの産だとか、時價はどの位だとか、そんな事は一切知らぬ。然し自分の気に入らぬ物なら、何萬圓の高價な物でも御免を蒙る。[16]

漱石は、手習いはしていないが、書画骨董について、はっきりした自分の趣味があるのだということを示唆している。
胃腸の障害、便秘、鬱屈した気分など身体（内臓・精神）の故障に苛まれながらも、他方では、漱石は、部屋から庭を眺め、部屋に花を活け、書画骨董を手にし、部屋を楽しんでいる。普通の言い方になるが、まさに趣味人である。

部屋の観相者——探偵

自邸の部屋についてのまとまった描写は、日記の中にはほとんどない。それは、自室についての特別な意識がなかったことを意味しない。どれほど自分の部屋への意識をもっていようが、普通に考えれば、その部屋をわざわざ記述することはない。というのも、自室を記録する必要を感じないからだろう。

しかし、自室やその他自らすごす部屋を演出する「生け花」は、その時々、自身のはっきりした意識によっており、しかも恒久的なものでないがゆえに、日記に記録されることになる。したがって、その生け花の趣味から部屋への意識を感じ取ることができる。また、書画骨董については自信をみせてもいる。

では、漱石は部屋についてまったく記述をしていなかったのか。自宅、入院した胃腸病院、そしてその後の療養先の伊豆の菊屋旅館についての部屋のまとまった記述はさほど多くはない。しかし、旅行先での部屋についての記述を、いくつかみることができる。それは、自分の部屋や庭を語ることとは、まったく別の視線を持っている。結論からさきにいえば、観相者の視線である。

自身の健康のこともあり、一九〇九年、中国（満州）への旅行をするかどうか、漱石は悩む。

八月十八日　水
満洲行の爲め洋服屋を呼んで背廣を作る。

八月二十七日　金
醫者滿洲行に反對。午後自分でも無理だと自覺す。

しかし、結局、九月一日、東京を発って中国（満州）に向かう。そして十月十四日、中国から帰国し馬関から帰途につく。約一月半の長旅である。
九月十七日の日記には次のような記述がある。

寂寞たる原野のうちに一點の燈光を認む。是が金湯ホテルである。
虫聲喞々《しょくしょく》の間を行く。着。西洋館なり。裸かの床の上を行く廣間に椅子がある。bar の如き茶や何かを作る處がある。夫を通り越すと左右が部屋である。部屋は一尺許り高い其處へ草履を脱いであがる。余等の部屋は二室より成る。一室には絨氈《原》、table ソファー、椅ありて、floor と同じ高さなり。一部は一尺許《ば》かりの楷《原》段ありて夫れを上ると疊が敷いてある。壁は白く所々汚れたり。夜具真紅の支那緞子。湯に入る提灯をつけて下女が案内をする。暗い中を一町程行くと別館があつ《原》ある。湯壺は三つある。段を二三尺下りて石でたゝき上げたるもの少し熱し。心持あしき故飯を食はず葛湯を飲んで寐る。便通大いに心地よし。

温泉のある宿屋だろうか。部屋へと向けられるまなざしは、いわば観相者のものである。「部屋の観相」は、十九世紀にはじまる。ヴァルター・ベンヤミンは「第二帝政様式において、アパルトマンは一種のキャビンとなり、その居住者の痕跡が室内に型として残る。これらの痕跡を調べ、跡をたどる探偵小説は、ここから生まれてくる。エドガー〔・アラン〕・ポーは『家具の哲学』と『探偵小説』で、室内を対象とする最初の観相家になるのだ[17]」と述べている。部屋とそこに集積されたものを対象に、生活している人物(主体)を吟味する試みは、探偵小説という形式をとって出現してきた。ポーが、そうした作品を書くのは一八四〇年代のことである。ポーによって、探偵小説が生み出されたというベンヤミンの指摘にしたがえば、部屋の観相という行為は漱石の時代からおよそ五十年ほど前に生まれたということになる。
また、こちらは旅先の記録ではないが、一九一〇年の日記には次のようにある。

七月二十二日〔金〕
○夜散歩。烏森、愛宕町、湖月といふ料理屋だの、藝者屋のある所を通る。夏の暑い晩だから家のうちが大概〔見〕える。ある家は簀垂《すだれ》をかけて奥の軒に岐阜提灯をつけて虫を鳴かしてゐた。ある米屋では二階で謡をうたつてる下に涼台を往来へ出して三四人腰をかけて、其一人が尺八を吹いてゐ〔た〕。ある家では裸の男が二人できやりをうたつてゐた。ある車〔屋〕の帳場では是も裸が五六人一室に思ひ〳〵の態度で話しをしてゐた中に倶利迦羅《くりから》の男が床几の様なものに腰をかけて、一同より少し高く腰を据えてゐたのが目に立つた。ある家では主人と客と相談して謡をうたつてゐた。ふしも分らないし、字も讀めないらしかつた。始め其聲が耳に入つたときは又此所でもキヤリを遣つてゐるなと思つた。ある家は五六組の柔術遣ひが汗を流してゐた。

部屋の観相であるが、他人の部屋に、まるで探偵のような眼差しをむけている。しかし、ここで気になるのは、多くの人が指摘していることだが、漱石は「探偵嫌い」であったということだ。『吾輩は猫である』などいくつかの作品の中で「探偵」について語られていることから「探偵嫌い」であったとされているのだろう。
『吾輩は猫である』には、次のようなやりとりがある。金田の令嬢との結婚の約束があると噂されている寒月が故郷から帰京する。主人たちが、その令嬢との結婚の約束についてたずねると、寒月は、「約束なんか、ありやしません。そんな事を言ひ觸らすなあ、向ふの勝手です」といい、「私にはもう歴然《れつき》とした女房があるんです」と、故郷で結婚してから帰京したのだと話す。その話を聞いて主人たちは、寒月に金田家にそのことを伝えなくていいのかと問うと、寒月は自分から結婚を申し込んだことなどないのだからほっておけばいいという。「なあに黙つてゝも澤山ですよ。今時分は探偵が十人も二十人もかゝつて、一部始終残らず先方へは知れて居ますよ」と寒月はいうのである。この対話は次のように続く。

探偵と云ふ言語《ことば》を聞いた主人は、急に苦い顔をして
「ふん、そんなら黙つて居ろ」と申し渡したが、それでも飽き足らなかつたと見えて、猶《なお》探偵に就て下の様な事をさも大議論の様に述べられた。
「不用意の際に人の懐中を抜くのがスリで、不用意の際に人の胸中を釣るのが探偵だ。知らぬ間に雨戸をはづして人の所持品を偸《ぬす》むのが泥棒で、知らぬ間に口を滑らして人の心を讀むのが探偵だ。ダンビラを畳の上へ刺して無理に人の金銭を着服するのが強盗で、おどし文句をいやに並

べて人の意志を強《し》ふるのが探偵だ。だから探偵と云ふ奴はスリ、泥棒、強盗の一族で到底人の風上に置けるものではない。そんな奴の云ふ事を聞くと癖になる。決して負けるな[18]」


漱石が『吾輩は猫である』を発表したのは、一九〇四（明治三十七）年から〇六（明治三十八）年にかけてのことである。はたして小説中の議論と漱石自身とを重ねることが妥当かどうか。小説の主人公と作者を同一視することはできない。しかし、作品中の議論が仮に漱石自身の視点と重なるものだとすれば、すでに見たように、ホテルの部屋や他人の部屋を見る漱石の探偵のような眼差しをどう考えればいいのだろうか。このことについて、三浦雅士は、実に刺激的な解釈をしている[19]。

まず、漱石が嫌う探偵とは、「要するに口さがない世間というものの代名詞なのだ」と三浦は分析する。いわば、責任感のない世間の風評のようなものへの嫌悪である。「漱石の探偵嫌悪は、あらためて指摘するまでもなく、迫害妄想、追跡妄想に属するものだったといっていい[20]」と三浦は結論している。いわば、「三面記事」「週刊誌のゴシップ」そしてそれは現代の「ネットでのゴシップ」へとつながる。近代社会におけるプライバシーへの無責任な干渉への嫌悪が漱石の中にあった。それは論理的なものであるよりも感情的なものであった。

そうした探偵の卑劣な行為とはやや異なったもうひとつの探偵行為が、漱石の眼差しの中にあるのではないか。したがって、漱石の「探偵嫌いもまた額面どおりに受け取るわけにはいかない」と三浦は指摘する。というのも、「猫が金田邸に忍びこみ、本格的に探偵の役割を演じることになる」からだという。

『吾輩は猫である』は要するに、捨子ならぬ捨猫が自殺する話であり、『人間の運命は自殺に帰する』という諸先生の説がちりばめられている物騒な小説である」と三浦は分析し、「猫は捨子として振舞いもすれば、探偵として振舞いもする」のだという。

たしかに、ビールを飲んで酩酊し水甕の中に落ちて死ぬ猫は、三浦がいうように「『早く死ぬ丈が賢こいのかも知れない』と考えた末の覚悟の自殺」というべきかもしれない。「捨子」（捨猫）というのは、誕生と同時に里子に出され、その後塩原家の養子とされた漱石自身の幼少時の生活環境と関わっていると三浦は見ている。その捨てられた猫が探偵として社会を見ているというわけである。

漱石が、中国の「金湯ホテル」の部屋を観相し、烏森から愛宕にかけての生活者の部屋を探偵のように観相するのは、そうした猫と同じ視線かもしれない。つまり、部屋にこそ、その地域、そしてその時代の文化、さらには人々の精神性があるのだということが漱石の認識としてあったということだろう。

このことは、漱石のエドガー・アラン・ポーへの理解にもかかわっているように思える。漱石は漠然とした印象として、ポーは、「非常な想像家」であり、その想像は「性格に關する想像でない」「事件構造の想像、即ち constructive imagination」である。そこに書かれる事件は「日常睹聞《とぶん》の區域を脱した supernatural もしくは superhuman な愕くべき別世界の消息である」[21]と述べている。そして、対象の記述のあり方に特徴があることを指摘している。漱石は、その特徴をスイフトの記述と比較して浮かび上がらせる。

スイフト（『ガリバー旅行記』）は「何等かの寓意ある架空譚を作ったのであるが、其の寓意と云ふ事を離して云ってみると、其の描寫の仕方が如何にも exact に出來てゐる、objectively に exact に書いてある。委しく云ふと物の大小とか、位置とか部分と部分との關係とか是等が如何にも exact に描いてある。詮じ詰めれば斯かる特點の想像は number に歸着する。例へば Swift の小人島の住人を六インチあるとして置いて、其れを持主とする小人島の物品器具、即ち火鉢とか皿とかは、皆其の六インチに比例して大小が出來てゐる。物の extention 若しくは magnitude の proportion を明かにしてゐる、其の爲めに種々の形容を使ってゐるが、要するに歸着する處は number の觀念を人に與へると云ふ事になる」
スイフトは大小などにかかわる数的な観念を描いているのだという。しかし、それは素人的なものであり、それに対してポーの書き方は、厳密なものとなっているのだと漱石はいう。

其れが Poe になると更に甚しい。Swift は何倍、何寸とか云ふ種類の exaction を以てする想像家の一人で、云はゞ素人としての exact であるが、Poe になると其れが専門技師の設計の如くに、ヨリ exact になる、scientific imagination である。斯かる緻密な想像は mathematical な clear head が無くては駄目なのであるが、此の點から見て Poe は Swift よりも大變進んでゐる。だから何うして恁《こ》んな事を想像する事が出來たかと驚くよりも、何うして恁んなに精密に、数學的に想像する事が出來たかと驚く事になる。[22]

ポーが部屋に置かれたさまざまなものを描写する、その記述の緻密さに漱石は目を向けているのである。ポーについてのこの発言は、一九〇九年のことである。猫に偵察させる小説はそれよりも三、四年前に書かれているのだが、「ポーの想像」の冒頭近くには、「以前に Poe の作物を讀んだ」とあるから、猫の小説を書いている時点ですでにポーを読んでいた可能性はある。

猫の探偵（『吾輩は猫である』）を執筆している時点で、たとえポーを読んでいないとしても、部屋の事物を科学的あるいは数学的精密さで描写することの意味を十分に、漱石は認識していたといっていいだろう。

「探偵嫌い」であった漱石が探偵のように部屋を観相する。それは、部屋――それはさまざまなものが入っている器である――に残されている痕跡を読み取ろうとするものである。

注
（1）夏目漱石『漱石全集』第24巻・第25巻・第26巻（岩波書店　一九七九年）。漱石の日記は、すべてこの三冊から。ルビに関しては一部一九九四年版から。
（2）嵐山光三郎『文人悪食』（マガジンハウス　一九九七年）
（3）、（5）夏目漱石『心』『漱石全集』第12巻所収（岩波書店　一九七九年）
（4）スティーバン・ドッド「ゲイ小説の文脈で読む」『「漱石」がわかる。』所収（朝日新聞社　一九九八年）
（6）柏木博『探偵小説の室内』（白水社　二〇一一年）
（7）、（8）蓮實重彦『夏目漱石論』（青土社　一九八七年）

（9）青木正夫・岡俊江・鈴木義弘『中廊下の住宅――明治大正昭和の暮らしを間取りに読む』（住まいの図書館出版局　二〇〇九年）
（10）、（11）夏目漱石「文士の生活」『漱石全集』第34巻所収（岩波書店　一九八〇年）
（12）夏目漱石『漱石全集』第16巻（岩波書店　一九七九年）。この巻の口絵に芭蕉のある庭の写真が掲載されている。
（13）夏目漱石「永日小品」『漱石全集』第16巻所収。
（14）寺田寅彦『寺田寅彦全集』第13巻（岩波書店　一九六一年）
（15）、（16）夏目漱石「文士の生活」『漱石全集』第34巻所収。
（17）ヴァルター・ベンヤミン「パリ――一九世紀の首都〔フランス語草稿〕」『パサージュ論――Ⅰパリの原風景』所収（今村仁司他訳　岩波書店　一九九三年）
（18）夏目漱石『吾輩は猫である（下）』『漱石全集』第2巻所収（岩波書店　一九七八年）
（19）、（20）三浦雅士『出生の秘密』（講談社　二〇〇五年）
（21）、（22）夏目漱石「ポーの想像」『漱石全集』第34巻所収（岩波書店　一九八〇年）

徴候的知《セレンディピティ》による視線　寺田寅彦

寺田寅彦は師と仰いだ漱石と同様、胃の病を抱えていた。それが要因でいきなり倒れて、病院に入院する。その経緯を「病中記」として書いている。これはエッセイなのだが、冒頭に「大正八年十二月五日　晴　金曜」と記しているので、日記のような形式になっている。

この日、寅彦は仕事場の学校（東京帝国大学）に出校するなり、気分が悪くなり床に倒れ込む。その後は、助手やら医者やら同僚がやってきて、寅彦を病院へとおくりこむ。ただ身体を横たえているしかない寅彦は、自らを取り囲む人々の声や音を記述していく。

入院した病院での出来事は、翌年の三月、「病院の夜明けの物音」というエッセイに書いている。早朝目覚めると時計の音が聞こえる。足下の付添い看護婦の寝息。枕に押しつけた耳に響く脈の音、そして廊下での「カチャン」という音、廊下を草履で歩く音、……「ベッドの足もとのほうでチョロ〳〵と水のわき出すような音」……さらには雀の鳴き声らしいもの、そして廊下のかなたで聞こえ近づいてくる不思議な音。それはボイラーからの雑音であるのか確認できない。寅彦はそれを「一種の神秘的な感じ」だという。そして、それが、なぜなのか、「なんだか『運命』の迫って来る恐ろしさと同じように、何かしら避くべからざるものの前兆として自分の心に不思議な気味のわるい影を投げるのか、考えてもやっぱりわからない(1)」という。

一切は、視覚ではなく、聴覚の情報である。そのなかでもわからない恐ろしい「前兆」のような音を感じている。目に見えるものもそうなのだが、寅彦は、様々な知覚されるものの実態を音や手ざわりから「感じ取る」ことに喜びを感じていたし、また、様々な現象が見せる変化を「前兆」、あるいは「徴候」として受け取るすぐれた感受性を持っていた。それが物理学者としての彼の特有の感覚になっていたようにも思える。

そうした寅彦の特性をふくめて、彼は住まいや部屋にどのような眼差しをむけていたのだろうか。彼の日記を手がかりに、読んでみたい。とはいえ、寅彦の日記がかならずしも彼のそうした眼差しのありかを鮮明に伝えていないということもまずは、前提にしなければならない。

人好き

寺田寅彦が日記をつけ始めるのは、一八九二（明治二十五）年、満十三歳、高知県立尋常中学校の二度目の入試（前年一度目を失敗）に合格し、二年に編入した年のことだ。

余ガ「オギャー」ノ一声ト共ニ娑婆《シャバ》ニ生マレタルハ明治十一年十一月二十八日ノ事ナリケリ。ソノ生マレタル所ハ東《アズマ》ノ都麹町平河町《コウジマチヒラカワチョウ》トナン言ウ所ニシテ、ココニ住スル事一年ニミタズ。父上ハ名古屋《ナゴヤ》鎮台ニ転任シタマイケレバ家族一同引キ連レテソノ任地ニオモムキタマイヌ。コノ地ニアリテ記憶セルハ庭ノ木ニ登リ太鼓ヲ打チタル一事ノミ。ココニアル事三年目ノ十二月、コノ所ヲ発シ土佐《トサ》（父母ノ生国）ニ向カイ、
このように日記は書き始められる。現在の十三歳の少年が、一般的にどのような文体で文章を書くのかはわからないが、寅彦の文体は、ちょっと戯作めいてもいるせいか、ずいぶんとおとなびたもののように思える。

この日記の冒頭の文章には日付はないが、現在の自分にいたるまでの経緯が綴られている。そして、この記述の後に、五月十五日の日付から日記がはじまる。一九六一年刊行の『寺田寅彦全集』では日記は二巻にわけられ、抜粋で一八九二年から一九三五（昭和十）年までを読むことができる。寺田は、一九三五年の十二月三十一日に亡くなっているのだが、全集に収録されている日記は同年の七月五日で終わっている。

その日の記述は「航研行き。花島《はなじま》少将来訪。／夜、物理学生田淵《たぶち》君きたり、水滴の実験の相談」とある。「航研」は東京帝国大学の航空研究所。日記の中ではたびたび、記述されている。

寅彦日記の書き出しにもどろう。一八九二年の五月十五日の記述は次のようにはじまる。


早朝別役君ヲ訪《ト》ウ。机上蛍籠《ホタルカゴ》アリ。余「モハヤコレモ用立ツベシ」別「モハヤドコロカ、スデニ川田《カワダ》氏ヨリ帰路三匹ヲ得タリ」ト。籠ヲ窺《ウカガ》エバソノ言ノゴトシ。余ココニオイテ下ニオリ、草ヲ取リ、コレニ入レ、水ヲ注グ。ソレヨリ談話数分ニシテ帰ル。帰途、池田君ヲ訪ウ」

日記の始まりは、「別役君ヲ訪ウ」ではじまる。そして帰る途中で「池田君ヲ訪ウ」。そして、一九三五年の亡くなる前の最後の日記では「花島少将来訪」「物理学生田淵君きたり」である。寅彦の日記には、人の行き来がさかんに記されている。
一八九六（明治二十九）年、寅彦は熊本第五高等学校に入学している。一八九八（明治三十一）年は、熊本での最後の年になる。前年の七月に阪井夏子と結婚しており、夏子を土佐に残したままだったためだろう、そのことが気がかりな様子で、正月三日に手紙を送っている。

一月三日　月　晴　心少しく乱れ気味にて、家への手紙こまごましたためたが、それは焼き捨てて、新たに何げなき手紙を書いて出した。
沢田《さわだ》君が訪《と》われて上村君と市《いち》へ行く。自分が途中より別れて堀見《ほりみ》君を訪うて小説を借りて帰った。夕方から国沢《くにさわ》君が来て花合わせなどするうち十一時過ぎとなった。この夜はさして寝苦しくはなかったが、夢は故郷の天《そら》に飛びて、楽しかりし夏の日を繰り返す。

妻夏子への思いが感じられる記述である。おそらく、正月休みに夏子のもとへ帰らないことが複雑な思いとなっていたのだろう。
また、友人との行き来がここでも見られる。二日後の一月五日の日記にも、友人との行き来が綴られている。

朝食後、通町《とおりちょう》なる好文堂《こうぶんどう》に至り、「新小説」「文学界」この日記帳を求め、学芸雑誌と英字新聞とを注文して帰る。正午より正木《まさき》君を訪えば後藤《ごとう》、野老山《ところやま》および小松《こまつ》（休暇中山口《やまぐち》より来遊せる初《はつ》太郎《たろう》君）らきたりおれり。打ち連れて竜田山に登りぬ。鳥の声、森の遠近《おちこち》に聞こえて、気清く風暖かきあたり、どうやら世を忘れごこちなり。


このころの寅彦は、友人との行き来がほぼ毎日のことになっている。さらにその後も、人を訪ねることを苦とせず、むしろ好んでいたようだ。少なくとも、現在のわたしたちからすれば、毎日、人を訪ね、あるいは訪ねられるという生活は考えられない。

一九〇〇（明治三十三）年九月八日の日記には「漱石師の洋行を横浜埠頭《よこはまふとう》に送る」とあり、一九〇三（明治三十六）年の一月二十四日の日記に「松原先生行き、夏目先生帰朝」とある。漱石が帰国すると寅彦は、頻繁に漱石の家を訪ねている。平たくいえば、寅彦は人好きだったと言えるだろう。

さらに、自らの専門の枠を超えて、文学に関係する人々はもちろん、美術などさまざまな領域の人々との交流を楽しんだ様子が日記にうかがえる。

これは、日記ではないが、「自画像」(3)というエッセイでは、油彩画の道具を買い込んで、自画像を描いたことが語られており、その際に津田青楓と思われる画家にその絵を見せて、アドヴァイスを受けている。このエッセイは、顔が似ているか否かということをめぐって、生物学的なことにまで及んで、「形態学」（モルフォロジー）的な視点がおり込まれており、寅彦の発想の自在さをうかがわせる。美術論として秀逸なものである。

建築やデザインの領域に関連した人々についていえば、機械美学を背景に、一九三〇年代にデザインや建築の評論を行った板垣鷹穂とも親しく話をしている。一九三四（昭和九）年七月五日の記述には「板垣《いたがき》君より『浪漫古典《ろうまんこてん》』七月号とフォトタイムス送らる」とある。同じ年の十二月二十二日には「昼、板垣鷹穂《いたがきたかお》氏と三越七階で会食」と記している。

また、東京職工学校（後に東京工業学校、東京高等工業学校、現東京工業大学）の創設にかかわり、校長も務めた手島精一の死亡記事を新聞で、一九一八（大正七）年一月二十三日に確認している。手島は、デザインの教育機関の必要性を語り、東京工業学校に「工業図案科」を設置することに影響を与えたひとでもある。その手島の記事を新聞で確認したと日記に記しているので、親交があったことが想像できる。

寅彦がネットワーカーであったかどうかは、日記からはうかがい知れない。日記からは、自然体で人々と親交する姿が読みとれる。ネットワーカーという役割はむしろ好まなかったかもしれない。東京高等工業学校の工業図案科は一九一四年に廃止される。それは、軽工業から重工業を重視する政策の方針によってであった。しかし、結果としては人々のネットワークのひとつの結び目になっていたのではないだろうか。

すでにみてきたように、寅彦は意識して、できるだけ人を訪ねるようにしていたようだ。正岡子規もそうしたなかの一人である。これは、『寺田寅彦全集』の日記の巻には収録されてはいないが、「根岸庵を訪う記」一八九九（明治三十二）年九月という日記風の文章があり、子規を訪ねたことが記されている。[4] 子規の住まいについては、漱石から紹介を受けての訪問であった。
寅彦の日記には、部屋についての記述は、さほど多くはないが、「根岸庵を訪う記」には子規の部屋にふれており、寅彦の部屋に対する意識を幾分か知ることができる。

黒板塀《くろいたべい》と竹やぶの狭い間を二十間ばかり行くと左側に正岡常規《まさおかつねのり》とかなり新しい門札がある。黒い冠木《かぶき》門《もん》の両開き戸をあけるとすぐ玄関で案内を請うと右わきにある台所で何かしていた老母らしきが出て来た。姓名を告げて漱石師よりかねて紹介のあったはずである事など述べた。玄関にある下《げ》駄《た》が皆女物で子規のらしいのが見えぬのがまず胸にこたえた。外出という事は夢のほかないであろう。枕上《まくらがみ》のしきを隔てて座を与えられた。初対面の挨拶《あいさつ》もすんであたりを見回した。四畳半と覚しき間《ま》の中央に床をのべて糸のように痩《や》せ細ったからだを横たえて時々咳《せき》が出ると枕上の白木の箱のふたを取っては吐き込んでいる。青白くて頰《ほお》の落ちた顔に力なけれど一片の烈火瞳《どう》底《てい》に燃えているように思われる。左側に机があって俳書らしいものが積んである。机に倚《よ》る事さえかなわぬのであろうか。右わきには句集など取り散らして原稿紙に何か書きかけていた様子である。いちばん目に止まるのは足のほうの鴨居《かもい》に笠《かさ》と簑《みの》とをつるして笠には「西方十万億土順礼西子」と書いてある。右側の障子の外がホトトギスへ掲げた小園で奥行き四間《けん》もあろうか萩《はぎ》の元を束ねたのが数株心のままに茂っているが花はまだついておらぬ。まいかいは花が落ちてうてながまだ残ったままである。白粉花《おしろいばな》ばかりは咲き残っていたが鶏頭は障子にかくれてちょうど見えなかった。(中略)室《へや》の庭に向いたほうの鴨居に水彩画が一葉隣室に油絵が一枚掛かっている。皆不折《ふせつ》が書いたので水彩のほうは富士の六合目で磊々《らいらい》たる赤土くれを踏んで向こうへ行く人物もある。油絵はお茶《ちゃ》の水《みず》の写生、あまり名画とは見えぬようである。不折ほど熱心な画家はない。


正岡子規の住まいを訪ねて、その部屋をながめる寅彦の視線は、住まい全体の構造を捉えようとするものではない。寅彦の目は、部屋に置かれたものへとむけられている。「玄関に置かれた女物の下駄」「四畳半の中央に横たわるやせ細った子規」「枕上の白木の箱」「机」「机の上に積んだ俳書らしき書籍」「書きかけの原稿」そしていちばん目に止まるのは子規の足の方の鴨居につるした「笠と蓑」である。障子の外の庭の「萩」「まいかい」「白粉花」「鶏頭」。庭に向いた鴨居には「水彩画」。隣室には「油絵」。「皆不折(中村不折)が書いた」ものだ。

ものへとむけられた寅彦の目は、しかし、部屋の主である子規の現在、あるいは現状をそこから読むというよりは、感じ取ろうとしている。それは、寅彦自身の感覚あるいは知のおもむくままといった感じでもある。

玄関さきに置かれた下駄が「女物」で、子規のものがない。それが「まず胸にこたえた」という。子規の下駄が置かれていないことから、子規がもう外出して散策をする力もなくなっているのだということを、寅彦は瞬時に感じ取る。

部屋の中央に身体を横たえ咳きをする子規。吐き込むための枕元の白木の箱。残された力で俳書を読もうとしていたのか。原稿を書く余力があるのだろうか。一切のものから子規の容態を見ようとしている。いちばん目に止まったという鴨居につるした「笠と蓑」。その笠には「西方十万億土順礼　西子」と書かれている。「西方十万億土」は、「西方浄土」つまり「阿弥陀仏の極楽浄土」を意味する。そこを「順礼」(巡礼)するということだろうか。「西子」は子規の別号である。子規は、すでに死がちかづいて来ていることを知って笠と蓑をつるしたのだろうか。

子規が、死が迫ってくることを感じて笠と蓑を鴨居につるしたのかどうかは、不明ではあるが、寅彦がいちばん目に止まったというのは、子規がそう感じているのだろうと寅彦は、それとなく受け取ったからなのではないか。「順礼」は、肉体的にすでにこの世ではかなわなくなったことを自覚している子規の意識をあらわしている。「肉体こそがまず何よりも大事だということが最も端的に感じられるのは、それが機能しなくなった時」[5]だ。

玄関先の女物の下駄、枕元の白木の箱、机、書きかけの原稿用紙、笠と蓑。それらが子規の生活の痕跡である。「住むということの本質は、容れ物にわれわれの姿を刻みつけることにあるのだ」[6]とヴァルター・ベンヤミンは述べている。言い方を変えて繰り返せば、寅彦は、部屋(容れ物)に刻みつけられた子規の痕跡から、彼の現状を知ろうとしている。子規の部屋のさまざまなものを、寅彦は読むというより感じ取ろうとしているとさきに記した。意識的な何かの方法論にもとづいて読むというよりは、曖昧なものから何かを受け取るといった感じである。それは、精神科医の中井久夫が、『チーズとうじ虫』などで知られる歴史学者のカルロ・ギンズブルグにならって使った

「徴候的知」のようなものによる、ものの意味の受容にちかいのかもしれない。

中井はこの「徴候的知」を「セレンディピティ」(serendipity)による知と言い換えてもいる。『セレンディピティ』とは、隠れたものを発見するのが上手なセイロンの王子に始まる言葉である。『セレンディピティ』を体験したければ、練達の植物学者と山道を行くとよい。私が茫漠と花の野を見ている間に、ひょいひょいと指さしては『ここにもありました』『ほらここにも』と珍種、新種をみつけるのに接するだろう。反対に、『方法論』の立場からすれば、おそらくある平方メートルを区切って、その中の草を枚挙してゆくだろう。それは、現に農林生物学で、ある土地の(既知の)植物分布や生産量を計るのに用いる方法であるが、採集家の用いないところである。

一般に、徴候優位に体験線が切り替わると、もっとも微かな変化、もっとも些細な新奇さがもっとも大きい意味を持つように『私/世界』が変化する(7)」

中井が使っている意味での「セレンディピティ」あるいは「徴候的知」のようなものによって、寅彦は、ものを感じ取り発見しているように思えるのだ。「セレンディピティ」は中井が述べているように、セイロンの王子に由来する言葉であるが、イギリスのゴシック小説の創始者ホレイス・ウォルポールによる『セレンディップの三人の王子』という童話によっている。そこに登場する王子は、何かを偶然に感じ取り発見する能力に卓越していたという。

セレンディピティと呼ばれるような知が働くとき、微かな変化が大きな意味を持つように「私/世界」が変化するのだと中井は指摘する。それは、対象とする世界の変化と同時に、それに対する「自己」も変化することで作動する。何か確たる方法論による対象の読みではけしてない。

寅彦の対象を感じ取る特有の知のようなものは、子規の部屋を見回したときばかりではなく、さまざまな場面に見ることができる。たとえば、「無題」としたメモのようなものにもあらわれている。

「昭和九年十月十四日、風邪を引いて二階で寝ていた。障子の硝子《ガラス》越しに見える秋晴の空を蜻蛉《とんぼ》の群が引切りなしに大体南から北の方角に飛んで行く」。そのトンボはほとんどみんな二匹でつながっており、その数は数千であったという。このトンボの行動に寅彦は想像をめぐらす。「この群は何処の池沼で発生して、そうして何処を目ざして移住するのか。目的地の方向を何で探知するか。渡り鳥の場合にでも解釈のつきにくいこれらの問題はこの一層智能の低い昆虫の場合には一層分かりにくそうである」

さらに想像を広げ、「二匹ずつつながっているのが、それぞれ雌雄の一とつがいだとすると、彼等の婿選み嫁選みが如何にして行われるか、雌雄の数が同一でない場合に配偶者を需《もと》めそこねた落伍者の運命はどうなるか。／こうした問題が徹底的に解かれるまでは人間の社会学にもまだどんな大穴が残され忘れられているかも知れないであろう(8)」

とんぼの群れの飛行という、わずかな現象にもこれだけの想像をめぐらせるからこそ、寅彦には、セレンディピティのような知が働くのではないかと思える。考えてみれば、地震の予知などは、地震に対する「徴候的知」あるいはセレンディピティが重要な手がかりになる。それは環境を傷つけることのない物理学的な知でもある。

話をもどそう。寅彦は、子規の部屋から彼の容態が深刻であることを感じ取ったはずである。寅彦のこの訪問から三年後の同じ九月、誕生日の翌々日に子規は亡くなっている。

一九〇二（明治三十五）年九月十九日の寅彦の日記には「午前一時、わが正岡子規《まさおかしき》逝《ゆ》く。悲しいかな。昨日はその誕辰《たんしん》なりし」とある。

子規の部屋から、寅彦は庭の草花に目をやり、また部屋に掛けられた中村不折の絵に目をうつす。不折は、寅彦がもっとも好んでいた画家のひとりであり、子規と不折について話をする。そんな話をするうちに「夕日が畳の半分ほどはいって来た」、「隣の屋敷で琴が聞こえる」。ゆったりとお互いの趣味のことを話し、日が暮れていく。

寅彦は、子規の部屋から、その身体の衰えと日々の暮らし、そして子規の心境を感じ取りながら、自らと共有するものを見つけ出していく。寅彦の他人との会話は、合意とか説得ではなく、人と共有できるものを見つけ出すことで、進んでいったのかもしれない。そのために部屋に置かれたものへと目をむける。したがって、少なくとも子規の住まいを訪れたことに限定するかぎり、寅彦にとっては、部屋はそこに生活する人なしには意味をなさないということだろう。

開かれた部屋

一九一七（大正六）年、寅彦は本郷曙町（現在・本駒込）に住まいをつくり、一九三五年に亡くなるまで、この家に暮らした。この曙町の家については、日記によれば、日本の震度計算の基本をつくったことや建築の構造設計で知られる佐野利器に相談している。曙町のこの家の設計については、寅彦が自ら図面を引いたようである。一九一七年の日記に次のようにある。

六月十日　日　雨　曙町の家を購《あがな》うと仮定し、その跡に建築すべき家の設計を試む。午後、田丸先生を訪い、家の事相談し、屋敷の坪数を計りに行く。
六月十一日　月　曙町の家、三千四百円との返事あり。
夕飯後佐野《さの》氏を訪《と》い、家屋建築等の事につき教えを仰ぐ。目下木材三割余騰貴、七八十円坪ならでは住宅はできざる由なり。
六月十四日　木　晴　早朝巣鴨の深見氏に行き、曙町の家屋購入するとせば、現在借家人の立ちのきを心配しもらいたき旨相談す。熟議の上返答すべしとなり。
六月十六日　土　……高田村《たかだむら》学習院官舎に石川鹿太郎《いしかわしかたろう》氏を尋ね、家屋建築設計見積もり、壊家売却等の件を依頼す。帰途、巣鴨深見氏方により、三千四百円をもう少し引くように談判す。
六月二十日　水　曇　午後、理研相談会あり。敷地の件、予算の件等につきてなり。建築は佐野君に、設備は田中《たなか》君に担当を依頼する事となれり。
芳賀徹によれば、寅彦が終の栖をつくった曙町は、もと下総古河八万石の大名土井家の下屋敷であったものが、一八六九（明治二）年に、分譲地として売りに出されたものだという。できあがった寅彦の住まいは、敷地が約百八十九坪、床面積が約六十九坪であった。

二十日の日記にあるように、理研の建築については、設計を「佐野君」（佐野利器）に担当を依頼したとある。理研の建築は、前年からの懸案であった。したがって、寅彦は佐野に信頼を寄せていたことがわかる。その佐野に自邸の建築について「教えを仰ぐ」と寅彦は記している。自邸の建築について、どのようなアドヴァイスを佐野から受けたのかはわからない。

ともあれ、芳賀によれば、図面は寅彦自身が引いた[9]。寅彦の長男東一の記憶をもとにした平面図をみると、全体は中庭を囲むようにしてコの字になっている。玄関をはさんで東側に寅彦の書斎と応接間、西側に男の子の部屋、台所。そして南方向に茶の間や夫妻の部屋。納戸をはさんで女の子たちの部屋がある。南側と東側に廊下つまり縁側がつながっており、中廊下はない。外廊下型の古典的なプランになっている。

この曙町の住まいでの出来事を寅彦は、断片的に書いている。そこには、どこかしら開放された部屋の雰囲気が感じられる。


Qが帰ってから昼飯を食った。それから子供部屋《こどもべや》へ行ってオルガンをひいた。

その日はよく晴れて暑い日であった。子供部屋の裏の縁先にある花壇には、強烈な正午過ぎの日光がまぶしいように輝いて、草木の葉もうなだれているようであった。花豆の赤い花が火のように見えた。しかしこの部屋はいちばん風がよく吹き通すので、みんながここに集まっていた。

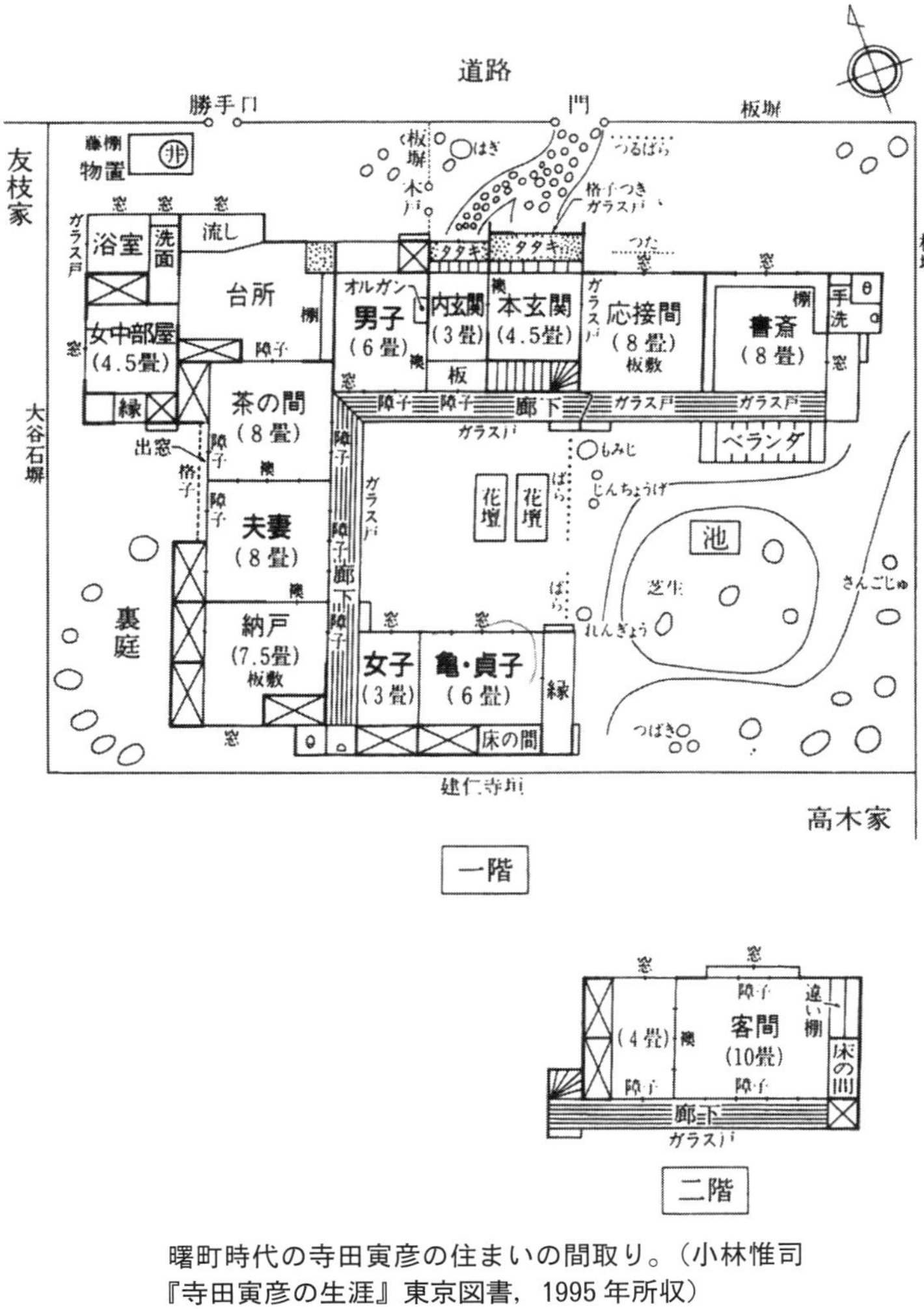

曙町時代の寺田寅彦の住まいの間取り。（小林惟司『寺田寅彦の生涯』東京図書，1995 年所収）

子供らは寝ころんで本を見ているのもあれば、絵の具箱を出して絵をかいているのもあった。老人は襖《ふすま》に背をもたせておとぎ話の本をめがねでたどっていた。私は裏庭を左にした壁のオルガンの前に腰かけて、指の先の鍵盤《けんばん》からわき上がる快い楽音の波の中に包まれて、しばらくは何事も思わなかった。

涼しい風が、食事をして汗ばんだ顔をなでて行くと同時に楽譜のページを吹き乱した。そして頭の中のあらゆる濁ったものを吹き払うような気がした。(「乞食」)(10)

曙町の家は、「子供部屋」が、家族の集まるひとつの中心になっていた様子が伝わってくる。本を見る子、絵を描く子、おとぎ話を読む老人、そしてオルガンもその部屋に置かれていた。芳賀が示した寅彦の長男東一の記憶による間取り図では、オルガンが置かれているのは、「男子」の部屋となっており、中庭をはさんで南側に位置する「女子」の部屋とは別になっている。ということは、昼間は男女とも男の子の部屋に集まっていたということになる。

まるで、幼稚園のような部屋である。しかし、そこにおとなも老人もやってきて、それぞれが思い思いのことをしている。

現在では、家族が集まる部屋といえば、ダイニングである。そこでは、各人が思い思いのことをするのではなく、食事という共通の行為をする。寅彦の家では、おそらく食事も家族全員でしたのだろうが、「子供部屋」にも集まる。子どもたちの面倒を家族全員で見ている微笑ましさを感じさせる。こうした部屋のあり方は、寅彦の家族についての意識を表しているように思える。彼にとって部屋は、空疎なものであってはいけない。そこには、いつも人々のいとなみがあるのだ。ところで、この子どもの部屋でオルガンを弾いていると、裏木戸から縁側へとひとりの「乞食」が入ってきたという。その「乞食」に対して、寺田はプライベートな住居空間を侵されたという感覚は持っていない。そして、子どもたちや老人にもそうした感情はない。むしろ外にむかって開かれた印象すらある。


彼は私の顔を見てなんべんとなく頭を下げた。そしてしゃがれた、胸につまったような声で、何事かしきりに言っているのであった。顔いっぱいに暑い日が当たってよごれた額の傷のまわりには玉のような汗がわいていた。

よく聞いてみるとある会社の職工であったが機械に食い込まれてけがをしたというのである。そして多くの物もらいに共通なように、国へ帰るには旅費がないというような事も訴えていた。幾度となくおじぎをしては私を見上げる彼の悲しげな目を見ていた私は、立って居室の用簞笥《ようだんす》から小紙幣を一枚出して来て下女に渡した。下女は台所のほうに呼んでそれをやった。

私が再びオルガンの前に腰を掛けると彼はまた縁側へ回って来て幾度となく礼を言った。そして「だんな様、どうぞ、おからだをおだいじに」と言った。さらに老人や子供らにも一人一人丁寧に礼を言ってから、とぼとぼと片足を引きずりながら出て行くのであった。

「どうぞ、おからだをおだいじに」と言ったこの男の一言が、不思議に私の心に強くしみ透るような気がした。これほど平凡な、あまりに常套《じょうとう》であるがためにほとんど無意味になったような言葉が、どうしてこの時に限って自分の胸に食い入ったのであろうか。乞食《こじき》の目や声はかなりに哀れっぽいものであったが、ただそれだけでこのような不思議な印象を与えたのだろうか。

しゃがれた声に力を入れて、絞り出すように言った「どうぞ」という言葉が、彼の胸から直ちに自分の胸へ伝わるような気がすると同時に、私の心の片すみのどこかが急に柔らかくなるような気がした。そしてもう一度彼を呼び返して、何かもう少しくれてやりたいような気さえした。

黙って乞食の挙動を見ていた子供らは、彼が帰ってしまうと、額のきずや、片手のない事などを小声でひそひそと話し合っていたが、まもなく、それぞれの仕事や遊びに気を奪われてしまったようである。子供らの受けた印象は知る事はできない。


用箪笥が置かれた「居室」と「子供部屋」との位置関係は定かではない。さきの東一による間取り図では「茶の間」がある。この「茶の間」が「居室」をさすのであれば、台所の隣の南側に位置する。下女は台所の方に「乞食」を呼んで小紙幣を渡したという。台所は一般的に北側につくるのだが、寺田邸は、書斎から台所までが東西に一列に面している。その台所から再び、子どもの部屋の縁側の方に「乞食」が行って礼を述べる。縁側は中庭に面しており、南と東側になる。そして子どもの部屋の縁側は南側になる。寺田の家の門は、北側なので、乞食は北側から入り、南の縁側に回り込み、北側の台所の前で紙幣を受け取り、また南側の中庭に行く。まさにプライベートな領域を行き来しているのである。

寅彦は、庭先に入り込んできた「乞食」を拒絶するのではなく、彼の話しを聞き、さらには、彼の絞り出すように言った「どうぞ」という声に「共感」する。子どもたちも、しばらくはこの出来事に反応するのだが、やがて何事もなかったかのように、それぞれの遊びに戻っていく。

部屋にまで、見知らぬ外部の人間が入り込んでくるということはないだろうが、中庭に面した縁側にまで入り込んできても、寅彦はそれを拒否することはしない。そこで起こった出来事にまずは拒否することなく対応する寅彦の開かれた感覚と思考が、家族全員が「子供部屋」に集まって、それぞれが何かをしている状況を生み出しているのではないだろうか。

ここで想起されるのは、ヴァルター・ベンヤミンが記述している十九世紀の産業ブルジョワの閉鎖的な部屋である。それは、寅彦の部屋意識とは対比的なものとなっている。


一八八〇年代の市民《ブルジョワ》の部屋に足を踏み入れたとする。そこにはたぶん、〈くつろいだ気分《ゲミュートリヒカイト》〉というやつが部屋じゅういっぱいに発散されていることだろうが、それにもかかわらずそのときに最も強く受ける印象は、「ここはお前なんかの来るところではない」というものである。ここはお前なんかの来るところではない——というのもここには、居住者が自分の痕跡を残していないところなど、これっぽっちもないのだ。[11]

ベンヤミンは、十九世紀末のブルジョワが自らのプライバシーを強固に示すために、部屋に個人のさまざまな痕跡を残すようになっていたのだという。その痕跡は、部屋の主にとっては心地良いものではあったが、他人を拒絶するものとなっていた。

しかし、寅彦の家の子どもたちの部屋は、まったく個人の痕跡が皆無だったとは思えないが、少なくとも、子どもたち全員の持ち物が共存し、寅彦のオルガンも置かれている。それらのものを家族みんなで共有していたように思える。

蜂の巣――住み手を失った部屋

部屋あるいは住まいをながめるということでは、寅彦は昆虫の巣にも、そこに住むものへの共感をもってながめているところがある。「蜂」(12)という文書には、長男東一による寺田家の間取りの図に符合する記述とともに、庭の様子も見ることができる。

私の宅《うち》の庭は、わりに背の高い四《よ》つ目垣《めがき》で、東西の二つの部分に仕切られている。東側のほうのは応接間と書斎とその上の二階の座敷に面している。反対の西側のほうは子供部屋《こどもべや》と自分の居間と隠居部屋とに三方を囲まれた中庭になっている。この中庭のほうは、垣に接近して小さな花壇があるだけで、方三間ばかりのあき地は子供の遊び場にもなり、また夏の夜の涼み場にもなっている。
この四つ目垣には野生の白ばらをからませてあるが、夏が来ると、これに一面に朝顔や花豆をはわせる。その上に自然にはえるからすうりもからんで、ほとんどすきまのないくらいにいろいろの葉が密生する。朝戸をあけると赤、紺、水色、柿色《かきいろ》さまざまの朝顔が咲きそろっているのはかなり美しい。夕方が来るとからすうりの煙のような淡い花が茂みの中からのぞいているのを蛾《が》がせせりに来る。

曙町の家は東西に広がっており、東には応接間と書斎がある。ということは、玄関を中心として東西に広がっていると寅彦は自分の住まいを捉えている。二階には座敷。つまり客間として使っていたのだろう。玄関の西側には、家族が集まる例の子ども部屋（男子の部屋）、そして居室（茶の間だろうか）と老人のための部屋がある。もし居室と記述しているのが「茶の間」であれば、それは一般的には台所のそばにあり、主婦の居場所であるが、寅彦の家ではそれをどう使っていたのかは、はっきりしない。ただし、「茶の間」はたしかに台所の隣に置かれている。

庭には竹でつくった四つ目垣。こうした垣根には、夏は朝顔などを絡ませるのが一般的であり、寅彦もそうしていた。また、四つ目垣をつくっているということは、和風の住まいだったのだろう。ある時、寅彦は四つ目垣に「蜂の巣」が作られているのを発見する。「よく見ると、大きさはやっと親指の頭ぐらいで、まだほんの造り始めのものであった。これにしっかりしがみついて、黄色い強そうな蜂が一匹働いていた」

蜂が危険であることはもちろん承知しながら、寅彦は蜂の巣を「中庭で遊んでいる子供たちを呼んで見せてやった」。「蜂の毒の恐ろしい事を学んだ長子らは何も知らない幼い子にいろんな事を言っていましめたりおどしたりした」。寅彦は、まっさきに子どもたちを蜂から遠ざけるのではなく、それを見せるし、幼い子にそれについての注意を長子がすることに介入したりしない。状況を見守っている。

とはいえ、さすがに危険だと思い、いったんは蜂の巣を取り除こうとする。ところが、この蜂の家（部屋）を観察することになってしまうのである。

ある朝子供らの学校へ行った留守に庭へおりた何かのついでに、思い出してのぞいて見ると、蜂《はち》は前日と同じように、からだをさかさまに巣の下側に取りついて仕事をしていた。二十ぐらいもあろうかと思う六角の蜂窩《ほうか》の一つの管に継ぎ足しをしている最中であった。六稜柱形《ろくりょうちゅうけい》の壁の端を顎《あご》でくわえて、ぐるぐる回って行くと、壁は二ミリメートルぐらい長く延びて行った。その新たに延びた部分だけがきわ立ってなまなましく見え、上のほうのすけた色とは著しくちがっているのであった。

一回り壁が継ぎ足されたと思うと、蜂はさらにしっかりとからだの構えをなおして、そろそろと自分の頭を今造った穴の中へさし入れて行った。いかにも用心深く徐々とからだを曲げて頭の見えなくなるまでさし入れた、と思うとまもなく引き出した。穴の大きさを確かめて始めて安心したといったように見えた。そしてすぐに隣の管に取りかかった。

寅彦が蜂の巣を丹念に観察することは、彼が自然科学を専門にしていたからだということは、もちろんあるだろうが、彼の専門は物理学であって、生物学ではない。そして彼の観察は、生物学的視点を超えて、自身の感覚へと結びついている。

蜂の部屋づくりを見ているうちに、寅彦は、それを「無残に破壊しようという気にはどうしてもなれなくなってしまった」のである。ところが、半月ほどして気がつくと、蜂がいなくなる。巣は捨てられたようであった。寅彦は「親しい友だちなどが死んだ後に、ひとりで町の中を歩いていると、ふとその友が現に同じ東京のどこかの町を歩いている姿をありあり想像して、言い知れぬさびしさを感ずる事があるが、この蜂の場合にもこれとよく似た幻を頭に描いた」という。

そして「きょうのぞいて見ると蜂の巣のすぐ上には棚蜘蛛《たなぐも》が網を張って、その上には枯れ葉や塵《じん》埃《あい》がいっぱいにきたなくたまっている。蜂の巣と言いながら、やはり住む人がなくて荒れ果てた廃屋のような気がする。この巣のすぐ向こう側に真紅のカンナの花が咲き乱れているのがいっそう蜂の巣をみじめなものに見せるようであった」と述べている。

寅彦にとっては、蜂の部屋であっても、そこに住まうものこそが気になるのである。そこに住まう不在の人間を部屋から読みとろうとする探偵の視線とは異なって、彼にとっては、そこに住まうものこそが意味を持っているのである。蜂の部屋においても同様である。住み手を失った部屋への悲しみが伝わってくる。

帰るべき部屋の消失

ところで、松根東洋城が主宰していた俳句雑誌『渋柿』に寅彦は「無題」として、ごく短いエッセイを書いている。そのひとつに、曙町の家にふれるものがある。

一日忙しく東京中を駆け廻って夜更けて帰って来る。

寝静まった細長い小路を通って、右へ曲って、我家の板塀にたどり付き、闇夜の空に朧《おぼろ》な多角形を劃する我家の屋根を見上げる時に、ふと妙な事を考えることがある。

この広い日本の、この広い東京の、この片隅の、きまった位置に、自分の家という、ちゃんときまった住家《すみか》があり、そこには、自分と特別な関係にある人々が住んでいて、そこへ、今自分は、さも当然のことらしく帰って来るのである。

しかし、これは何という偶然なことであろう。

この家、この家族が、果たしていつまでここに在るのだろう。

ある日、一日留守にして、夜晩《おそ》く帰ってみると、もうそこには自分の家と家族はなくなっていて、全く見知らぬ家に、見知らぬ人が、何十年も前から居るような様子で住んでいる、というような現象は起り得ないものだろうか、起ってもちっとも不思議はないような気がする。

そんな事を考えながら、門をくぐって内へ這入《はい》ると、もう我家の存在の必然性に関する疑いは消滅するのである。[13]

どこで仕事をしようがかならず戻って行く場所（家）がある。何が起こっても家に戻る。それは、誰でもあたりまえの行動としてある。二〇一一（平成二十三）年三月十一日の東日本大震災の直後も、わたしたちは、何とか自宅（家）に帰るために、タクシー、徒歩や自転車などさまざまな手段を使った。かけがえのない自分の住まい、そして部屋に戻ることでわたしたちは安堵する。

芳賀徹は、寺田の文章を読んで、自身もまた、「何百万の住宅やビルがひしめくこの薄闇の大空間のなかに、よくも一人前の顔をしてわが家がまぎれこみ、その家のなかに電気を灯して平気な顔をして自分が坐っているものだと、ふと思う」しかし、当代一といっていい物理学者がこのような「ディペイズマン（異郷感）の感覚を洩らしている[14]」ことに意外な印象をうけている。たしかに、帰宅してみると、ひょっとしたことで、自分の家族も部屋も消失していたという物語は、いくつかの変奏があるものの、民話やＳＦでは語られてきたように思う。

すでに、ふれたように、住むということは、容れ物である部屋にわたしたち自身の姿を刻みつけることにある。そして、他方では、「住むというのは人間が母体のうちに留まっている状態の模像であるということが認識されねばならない[15]」ともベンヤミンは述べている。

自分の部屋に戻っていくという行為には、「母体」へと回帰していくようなところがある。そのように考えてみれば、ベンヤミンの『ベルリンの幼年時代』は、単なる彼の幼年時代への追憶ということだけではなく、ヒトラー政権下でパリに亡命しているなかで、ベルリンそしてかつて歩き回った街路、そして部屋へともう二度と回帰していくことができないという予感によって記述されたのではないかと思える。

「家のなかでは、わたしはもうどんな隠れ場所も知りつくしていたので、そんな場所に入り込むと、わたしはちょうど、何もかもが昔のままなのを確信できる一軒の家にでも帰って来たみたいだった。わたしの胸ははずみ、わたしはじっと息を凝らしていた。ここに来ると、わたしは素材の世界のふところに入り込んでいた。わたしにはその世界がおそろしいくらいはっきりとわかってきたし、何も言わずにわたしにぐんぐん寄って来るのだった[16]」と、ベンヤミンは幼年時代にすごした住まいへの記憶を語る。それは、自分を包み込んでくれる母体のような部屋の記憶である。

子どものころに、ひょっとすると、自分の母がまったくの他人なのではないかなどということを夢想をすることがある。こうした夢想は、けしてめずらしいものではない。それは、母が不在である、あるいは消失することへの恐れを映し出している。

家あるいは部屋が消失するという夢想も、母の消失の夢想と重なり合っている。その夢想は、蜂の部屋が空っぽになっていたのを「親しい友だちなどが死んだ後に、ひとりで町の中を歩いていると、ふとその友が現に同じ東京のどこかの町を歩いている姿をありあり想像して、言い知れぬさびしさを感ずる」と言ったこととどこかで似たものを感じる。

芳賀がいうように、そうした夢想が少年ではなく晩年の寅彦のなかにあったということは、晩年の寅彦にどこか少年を思わせるものが残っていたということなのだろう。また、彼がいかに家、そして部屋を回帰すべき場として強く意識していたかがうかがわれる。

こうした寅彦の感覚が、微細な現象を前にして、何かの予兆を感じ取る、彼の「徴候的知」(セレンディピティ)と無縁ではなかったのではないか。したがって、寅彦にとって部屋は、あの蜂が不在となってしまった廃墟のような状態ではなく、つまり空疎なものではなく、人々のいとなみがあってこそのものであったのではないか。

注

(1)『寺田寅彦全集』第二巻(岩波書店 一九六〇年)

（2）寺田寅彦の日記の引用はすべて『寺田寅彦全集』第一三巻・一四巻（岩波書店　一九六一年）による。
（3）『寺田寅彦全集』第二巻
（4）『寺田寅彦全集』第一巻（岩波書店　一九六〇年）
（5）ピーター・ブルックス『肉体作品』（高田茂樹訳　新曜社　二〇〇三年）
（6）ヴァルター・ベンヤミン『パサージュ論――Vブルジョワジーの夢』（今村仁司他訳　岩波書店　一九九五年）
（7）中井久夫「『世界における索引と徴候』について」『徴候・記憶・外傷』所収（みすず書房　二〇〇四年）
（8）「無題一一二」『新版寺田寅彦全集』第一三巻所収（岩波書店　二〇一〇年）
（9）芳賀徹「曙町の住まい」『新版寺田寅彦全集』第一三巻所収（岩波書店　二〇一〇年）
（10）「小さな出来事」『寺田寅彦全集』第二巻所収。
（11）ヴァルター・ベンヤミン「経験と貧困」『ベンヤミン・コレクション2　エッセイの思想』所収（浅井健二郎編訳　ちくま学術文庫　一九九六年）
（12）「小さな出来事」『寺田寅彦全集』第二巻所収。
（13）「無題七十七」『新版寺田寅彦全集』第一三巻所収。
（14）芳賀徹、前掲書。
（15）ヴァルター・ベンヤミン、『パサージュ論』
（16）ヴァルター・ベンヤミン『ヴァルター・ベンヤミン著作集12　ベルリンの幼年時代』（小寺昭次郎編集解説　晶文社　一九七一年）

過去を夢見る装置　内田百閒

表現としての日記

内田百閒は、日記という記述のスタイルに特別な思いを抱いていたように思える。一九一七（大正六）年から二二（大正十一）年にかけて綴られた日記『百鬼園日記帖（続百鬼園日記帖）』[1]には、日記に対する百閒の思い入れのようなものがうかがえる。百閒は二十八歳、師とした漱石が去って翌年のことだ。この年、百閒は『夏目漱石全集』（岩波書店）の編纂校閲にかかわり、「漱石全集校正文法」をつくっている。そして彼は妻に日記を書くことをすすめている。

私はこなひだ町子に日記を書けとすすめた。彼女は御殿町の時分に書いた日記を大分もつてゐる。それを又始めなさいと云つた。さうして帖を買つて来て渡した。その折私はかう云つた。「日記は毎日つけなくてもいい。日記に書いた事はその後何年もたつた後でなければ自分であけて見るのが気持のわるい様な、見るのが恥しい様な又怖い様なことを書きなさい。日記を書く事は専門家でない藝術家が、詩人としてのすべての人間が、自分の藝術と記録とを最もいい読者なる子供に遺すことである。これは最も意味の深い又尊い藝術の一片であり、又藝術そのものである。だから日記をつけなさい」（九月二十七日夜）

町子というのは、百閒の妻清子である。『百鬼園日記帖』の冒頭には、「百鬼園日記帖凡例」が記してある。そこには「文中ノ人名ノウチ左ニ列記セルモノハ假称ナリ」とあり、町子もそこに列記されている。

百閒はここで、日記は「藝術そのものである」と言い切っている。日記に対するこうした認識を持っていたからだろう、『百鬼園日記帖』は、淡々としたその日その日の記録とか忘備録といったものではなく、過去の記憶をたどったり、その時々の心境を目の前の情景と織り交ぜて綴ったりしており、たしかに「子供に遺す」、つまり他者に読ませることを意図して書かれている。

「日記文学」の伝統は、日本では古くからある。けれども、漱石が明治期に書いた日記は、自分自身の状態を確認するための記録のような記述になっており、『百鬼園日記帖』とは明らかに異なっている。日記を「芸術」表現だとする百閒の記述は、日記が自己表現のひとつの形式だとする認識をあらためて鮮明にしている。また、そうした認識は、百閒ひとりのものではなく、この時代に人々が共有しえるものになっていたとも考えられる。けれども、そうだとしても『百鬼園日記帖』は、まるで私小説のような趣すら見せている。

百閒の『百鬼園日記帖』からは、かなり時代が下るが、堀辰雄の『風立ちぬ』（一九三八〈昭和十三年〉）は、日記そのものとはいえないけれど、その後半は、日付を記した小説となっている。こうした表現の様式もまた、日記を自己表現、そして「芸術」とする新たな認識の中から出てきたのではないか。

しかし、一九一九(大正八)年以降の日記『続百鬼園日記帖』は、一言だけあるいは一行のみの記述があり、妻へ日記を書くことをすすめた一七年頃とは異なって、記録するというおもむきが出ている。記述は、借金にかかわることが多く、日記が自己表現というより、やはり記録にならざるをえなかったのかもしれない。とはいえ、百閒はそうした記述をもふくめて日記を出版している。借金についての記述などもふくめて、日記を自己表現と考えていたのではないか。

死への恐れ

『百鬼園日記帖』の書き出しには、「大正六年七月二十八日この帳面を買うた」とあり、神田神保町(当時表神保町)の文房堂で買ったとも記されている。続いて「心の表を通り過ぎる印象、心の底から消えて行く記憶を此帳面に残す」「此頃の取りとめのない死の不安(考へてゐる内に此文句を書くのが恐しい、いやな気がした)が腹の底で此帳面を書けと云つたらしい。死んだ後に妻に丈でも何物かを残したい」「先生がかういふ帳面つけてゐたので私も夫にならふのである」と書いている。

一九一七年に、先生(漱石)にならって日記をつけ始めたというのだが、その記述の仕方は、さきにふれたように、漱石のものとは異なっている。また、とりわけ一七年は「死への恐れ」のようなものが時折、記されている。「死への恐れ」が日記をつけることにも幾分かかわっていたかもしれない。妻に日記をつけることをすすめたと記した同じ日に、次のようにも書いている。

どこかへ旅行したい。三日か一週間ぐらゐ、音のしない、空の見える、風の吹かない宿屋の離れか二階座敷に暮らし度《た》い。さうして私は昼も夜も静かに此帖を書き度い。（中略）又町子への遺言も書き度い。町子が先に死ぬる運命なら夫迄《それまで》である。遺書は後事をたのみ彼女を慰めるためのと、それはただの慣習的のものでなくてもいい、それと更《さら》に書いて置き度い私の心の秘奥とである。

宿屋の離れか二階の座敷で、静かに日記を書きたい。妻への遺言も書きたいというのである。『百鬼園日記帖』としてこの日記が刊行されたのは一九三五（昭和十）年のことである。さきにもふれた、この日記の冒頭の凡例には「概見スルニ大正六年ハ著者ノ年齢二十九歳ニシテ鬱悶《ウツモン》ノタメ頻《シキ》リニ過去ニ拘泥《コウデイ》シ死ヲ恐レ沈屈ノ情発スル能《アタ》ハズ七年ニ入リテ少シク立命ヲ得タルニ似タレドモ八年ハ再《フタタ》ビ憂悶と焦燥ニ始終シ外ニハ身辺交友ノ間ニ不祥ノ事多ク内ハ生活ノ破綻《ハタンヤウヤ》漸シ彌縫《ビホウ》シ難シ」とある。

十八年たって、自身で日記を振り返り、数え二十九歳のその当時「鬱悶」として「死ヲ恐レ」ていたと述べている。なぜ百閒が「死ヲ恐レ」ていたのかは定かではないが、彼自身の分析によれば、「私は一人子だからこんな事を考へるのではないかと、さつき書いてゐる内に気がついた。しかしそんな事は同時に兄弟の経験を有《も》つ事が出来ない以上迚《とて》もわからない。／私は子供を生んだ。その為に私は結婚前よりも一層死を怖れる様になつて来た」（大正六年十二月十日夜）というのである。

どうやら、自身の死によって家族が傷つくことへの恐れだということだろう。次のような記述もしている。

世間には私を相手にする者はゐないから楽だけれども、家族は私を非常に大事がる。私が死んだら生活に困るといふ心配が第一かも知れないが、しかし勿論《もちろん》夫丈《それだけ》ではない。彼等は私を愛してゐる。私が死ぬる事は彼等の心に傷を負はす、人を傷つけて死ぬのはいやだ。（中略）
要するに私は無用な人間になり度い。家族からも世の中からも何物をも負はない又與へない人間になり度い。さうして其上でいつ迄も生きてゐて見たい。死は其時私にとってあくびと同じ物になるだらう。（大正七年一月二日夜）

家族の中にあって「無用な人間」になりたい、という百閒の言葉には、家族への優しさとともに、どこかしら身勝手に生きていきたいといった気持ちをも抱いていたことを感じさせる。
『百鬼園日記帖』を書き始めた時期は、一家は文京区（当時は小石川区）の高田老松の家に生活しており、三年後の一九二〇年に、同じ町内の他の家に引っ越しをしている。引っ越しをしたさきの家は、寺田寅彦とも親しかった画家の津田青楓がかつて住んだことのある家だった。その後、一九二五年（大正十四）年、「債鬼に追われ、都電早稲田終點に近い下宿屋早稲田ホテルの仕事場に逃亡する」[2]と、年譜にはある。以後、百閒は家族とは生涯別居することになる。たしかに『百鬼園日記帖』には一九一九（大正八）年あたりからは、日々借金に苦しんでいることが記されている。しかし、はたして「債鬼」に追われたということだけで、家を離れるだろうか。それほど取り立ての酷い「債鬼」であれば、逃げおおせるわけにはいかないようにも思える。家族から離れるという百閒の身勝手さのようなものが、逃亡の要因になってはいなかったのだろうか。もちろん、その逃亡は「死への恐れ」ともかかわっている。

「死への恐れ」が家族への思いにどこかでつながっており、だから家族にとって「無用な人間」になりたいという考えはもちろん奇妙なものではあるが、そこに、優しさとどこかしら感情の激しさを同時に合わせ持つ百閒の心情のようなものを感じる。

感情の起伏ということでは、百閒はなにかとよく涙を流していることが『百鬼園日記帖』に記されている。自身の涙とかさねて、娘の多美もまたすぐに涙することにふれている。


私は多美を膝の上に抱き、久を前に坐らせて雨を見てゐた。「あんなに雨がふつてもお父さんの内には屋根や硝子戸《ガラスど》があるからぬれない」と云つてきかせた。「江戸川の乞食《ほいと》はお家がないからぬれてゐるだろ」と云つた。すると多美が悲しさうな顔をして色色乞食を慰める様な言葉の断片を云つた。しまひに「こんど、お天気の時、大工さんにたのんで、お家をたててもらへばいい」と云つた。さうしてその同じ言葉を繰り返して語尾を涙声にふるはせ始めた。向う向きに抱いてゐたのを此方《こっち》へむけて顔を見たら左の目の下に小さい涙の露を落としてゐた。（大正六年九月二十四日）

前に坐らせた「久」は長男の「久吉」だろう。一九一三（大正二）年に生まれているから四歳になる。「多美」は長女の「多美野」。久吉誕生の翌年に生まれているから三歳。家の中から小さな男の子と女の子と三人で雨をじっと見ている。自分たちには、雨に濡れずにすむ「家」があることの幸せを子たちに話して聞かせる百閒。けれども、家を持たない者の不幸を思って多美は涙する。その出来事を日記に綴る百閒の優しさが伝わってくる。
けれども、他方では、次のようなことも綴っている。

晩飯の時久吉たみ唐助に祖母母町子みんながそのさかながどうだとか醬油がないとか箸が一本足りないとか色色縦横に饒舌《しやべ》つて八釜《やかま》しくて腹が立つたからもう御飯中はなんにも云ふ事はならない、口を利《き》いたらすぐ口のへりをつめると申し渡した。すると久吉が何だかかう云ふ時には云つてもいいかと云ふやうな事を聞きかけたからすぐに口のへりをつめつた。赤い顔をして泣き顔をして、それでも泣きもせず黙つてしまつた。すると多美野が矢張り同じ様《やう》な事を尋ねかけたから、今度は本当に腹が立つて又多美野をつめらうとしたら茶椀を持つてゐる方の手で私の手を支《ささ》へた為御飯がそこら一面にひつくり返つた。さうしてつめられるとすぐ泣き出して御飯の終る迄しくしく泣いてゐた。その後では二人共お茶かと云ふとうなづいたり、まだ御飯かと聞くとかぶりをふつたりして口を利かなかつた。或《あるひ》は極《ご》く小さな声で必要な事丈《だけ》を恐る恐る云つた。外《ほか》の大人は私のする事にあきれてゐたらしい。それでもやつとおぜんの廻りは静かになつた。けれども私は何と云ふ無茶な親だらうと自分に愛想をつかしながら一方ではまた何となくむかむかと腹が立つたところがあつた。前後に何も不愉快な、腹の立つ様な事はなかつた。ただみんなの妙にせはしない饒舌の混乱が私を怒らした丈である。我儘《わがまま》だから自制したいとも思ふ。けれども又八釜しくは云はせたくないとも矢つ張り思つてゐる。夜ジェロニモの清書、十一時就床。（大正九年一月五日月曜）
些細なことで腹を立て、いつもは可愛がっている子どもたちの口のはしを抓る。そして、その常軌を逸した自分の行いに、自ら苛立ち「我儘」だと自省もする。優しさとともに、激しい感情を共存させる「我儘」。その二つの感情が、「死への恐れ」は少なからず家族の存在に関わっているのであり、だから家族にとって「無用」な人間になりたいという百閒自身の考えを生んでいるようにも思える。その後、百閒は家族から離れて「下宿屋早稲田ホテルの仕事場に逃亡する」ことになる。そうした我が儘と、子どもたちに腹を立てる我が儘とは、どこかしら重なっている。
いきなり腹をたてるということでは、妻にも怒りをぶつけている。「午《ひる》、考へ込んでゐる最中に町子が二階へ上がつて来て下りた後を閉《し》めなかつたのが実に度度《たびたび》の事なので非常に腹がたつて下へ降りて怒りつけたら泣き出した。むしやくしやしてビールをのんで二階でうたたねをして目をさましたら大分気分が落ちついてゐた」（大正八年一月二十六日）
それにしても、怒りを露わにした自分を自省しながらも、それを日記に綴る。それは、妻にむかって、「日記に書いた事はその後何年もたつた後でなければ自分であけて見るのが気持のわるい様な、見るのが恥しい様な又怖い様なことを書きなさい」と言ったことと、日記についての考え方は一貫していると言えるだろう。

部屋――穏やかな一日

ところで、『百鬼園日記帖』における百閒は、家あるいは部屋をどのようにしていたのだろうか。また、どのように部屋を見ていたのだろうか。
さきにもふれたように『百鬼園日記帖』を書き始めた時期は、一家は文京区の高田老松の家に生活しており、三年後の一九二〇年に、同じ町内のかつて津田青楓が住んでいた家に引っ越ししている。引っ越しをするまえの家の全体像はわからない。部屋あるいは部屋にふれている記述をいくつか拾ってみよう。

「人が来るのはうれしくない丈でなく、どちらかと云へば迷惑である。ただ一人でかうして此二階のこの机の前にふくれてゐたい」（大正六年十月十七日夜）
「八畳の座敷で町子が夜泣きをして起きた多美野を寝さしてゐた」（大正六年十一月十二日）
「昨夜は十二時に書斎を出たけれども、下へ降りてから饂飩をこしらへて貰つて食べてゐた為一時に床に這入つた。今朝は、一二度薄目があきかけたけれども又寝入つてしまつて、十一時にほんとに目がさめた。それからぐづぐづして仕度《したく》をして書斎に這入つたのは午《ひる》をもう大分過ぎてゐた。机の前に例の如《ごと》く坐つてぢつと考へてゐた。町子が炭籠に炭を持つて来た。彼女の下りた後私はまた考へつづけた。（中略）私は火鉢に向つたまま、坐つてゐるねむりをした」（大正六年十一

月二十三日晩）
「私は何の気もなしに門をあけて内に這入つた。玄関の硝子戸《ガラスど》をあけない内に、例の通り町子が奥から出て来て私を迎へた」（大正六年十二月四日夜）
「朝ゆつくり起きて、ぐづぐづ仕度《したく》をして今先書斎に上がつた。もう十一時半である。机の前を離れて、閾《しきゐ》のところに座布団を敷き、一閑張りの机に帳面を置いてこれを書いてゐる。美しい日の光が後《うしろ》から背中をあたたかく照らしてゐる。左手に持つてゐる竹のパイプのイサベラが青い煙を流してゐる。子供が下で遊んでゐる。久が丸の内と云つた。多美が、『かたうて、まだ出んよ』と云つた。厠《かわや》に行つてゐるらしい」（大正六年十二月五日午過）
「一日。ひる前台所で鰆《さわら》を焼いた臭《にほい》が祖母様の気分をわるくして、少し嘔気《はきけ》がしたといふ」（大正六年十二月五日午過）
「さつき書斎に上がつて机の前に坐つてゐる。なんにもしてゐない、暖かい日が縁の磨硝子《すりガラス》に一ぱいにさしてゐる」（大正六年十二月十日）
「風呂に入り（今日始めて）、出てから玄関で気持よくビールをのんだ。餅を焼いて食うた。それから障子に靠《もた》れて一時間許り居睡《いねむ》りをして起きたら十二時になつてゐた。すぐ寝る」（大正八年一月九日十日）
こうした記述から想像してみると、門から入った玄関は、風呂上がりのビールが飲めるほどの空間になっている。二階建ての下には、おそらく祖母の部屋、子どもたちの部屋、夫婦の部屋、そして茶の間（八畳だろうか）、台所、風呂、トイレなどがある。二階は書斎だが縁側があり、磨りガラスの窓がある。また、敷居があるというから二間ほどあるのだろう。書斎には机と、もうひとつ持ち運びしやすい軽い一閑張りの机がある。また、寒い季節には火鉢を置いている。二階にいても下の部屋の子どもの声が聞こえる。トイレにいる多美の声すらとどく。大ざっぱには、そんな家だろうか。さほど小さな家とは思えない。


「机の前を離れて、閾のところに座布団を敷き、一閑張の机に帳面を置いてこれを書いてゐる。美しい日の光が後から背中をあたたかく照らしてゐる。左手に持つてゐる竹のパイプのイサベラが青い煙を流してゐる。子供が下で遊んでゐる」という記述を目にすると、百閒には、子どもたちの声を聞きながら二階の書斎で、日記をつけ、ゆったりした気分になることがあったことが伝わってくる。いつもの机ではなく、あちこちに持っていける一閑張りの机の前では、くつろいだ気分になったのだろう。

一閑張りは、明（中国）から日本に帰化した飛来一閑が始めた茶道具の紙漆細工の和紙に漆をほどこしたもので、軽いつくりになる。一閑張りの机というから、そのデザインは中国風かあるいは朝鮮風のものであったのだろうか。ついでながら、漱石の『坊つちやん』にも、「一閑張り」という表記ではないけれど「一貫張」の机が登場する。

一閑張りの机で日記を書く百閒は、美しい日に照らされ、イサベラというブランドのパイプ煙草の葉をくゆらせている。穏やかな気分が支配している。

穏やかな気分ということでは、さきに引いた「さつき書斎に上がつて机の前に坐つてゐる。なんにもしてゐない、暖かい日が縁の磨硝子に一ぱいにさしてゐる」という記述のあとには、次のように書き継がれる。


風がないから静かな午後である。どこかの屋根で雀の中音に鳴く声が聞こえる。遠方で鶏《にはとり》がないた。往来を子供の走る足音がした。箏《こと》が聞こえる。本を読んでゐる。壬生《みぶ》の奥さんのいやに低い声がする。内の下丈《しただけ》は非常に静かで何人《だれ》の声も何の物音もしない。どうしたのだらう。

私の心も静かである。落ちついてゐる。今日は仕事をしようと思ふ。「抗夫」や「それから」の原稿整理をしよう。しかしそれよりも、早く仕事に追はれなくなつて、心の底にむくむくしてゐるものを書きたい。創作がしたいと思ふ。（大正六年十二月十日）

「死への恐れ」が綴られる一方では、部屋は、時にこれほどに百閒を穏やかな気分にさせるのである。こうした穏やかな気分は、物理的にも静かであるかどうかに左右されるのかもしれない。「風がないから静かな午後である」と書き出している。また、すでに引いたように、「どこかへ旅行したい。三日か一週間ぐらゐ、音のしない、空の見える、風の吹かない宿屋の離れか二階座敷に暮らし度い」とも綴っている。

したがって逆に、静かでないことに百閒は腹を立てる。子どもたちが食事中に話をしたといって口をつねったりもする。また、大正六年十月十五日の日記には、外で打ち鳴らす法華の団扇太鼓の音に腹を立てている。「いやに眉のひきつつた若い衆が無暗に景気のよささうな拍子《ひょうし》でたたく。其《その》間《かん》の不調和が何とも云へない不愉快な心持を起こさす」。そして、太鼓を角刈りの若い者が叩いているときに「何千ボルトかの電気で殲滅《せんめつ》」したくなるというのである。つまり、百閒は聴覚の人だといえるかもしれない。

「どこかの屋根で雀の中音に鳴く声が聞こえる。遠方で鶏がないた。往来を子供の走る足音がした。箏が聞こえる」と、小さな音が聞こえるほどに静かな部屋が百閒を穏やかにさせるのだろう。

部屋――過去を夢見る装置

他方、部屋には「先生」つまり漱石にまつわるものが、いくつも置かれていている。穏やかな気分を綴った日記の文章の一日前、先生漱石の記憶が書かれている。

今日は九日である。去年の今夜先生が死なれた。私はさつき夏目の九日會から少し早く帰って来て、書斎の床の間にある書斎の先生の写真の前に蠟燭《ろうそく》をともし、線香をたて、それからこの先生の萬年筆を洗つて此文を書いてゐる。蠟燭の燈《ひ》がぱちぱちと鳴つた。今夜はもう寝ようと思ふ。

（大正六年十二月九日）

二階の書斎は和室で床の間がついており、そこには先生、漱石の写真が置かれている。その写真の前に蠟燭と線香を立てるものが置かれている。漱石の萬年筆については、次のような記述もある。

雑司ケ谷のお墓を風が吹き抜けてゐるだらう。けれどもその御墓も今迄の様な木標でなく、御影石《みかげいし》の変な形のお墓に変つてゐるだらう。設計図を見た限りだけれども、如何《いか》にも先生の嫌ひさうな恰好《かつこう》であつた。あまり詣りたくもない。ここにかうして先生のにほひのするものの間にぢつと坐つてゐる方がよささうである。この萬年筆も先生が長い間つかひなれた萬年筆である。(大正六年十二月八日午後)
「雑司ケ谷のお墓」は、漱石の墓である。百閒は漱石の萬年筆を形見として手元に置いている。部屋には「先生のにほひのするもの」を置き、その中に「ぢつと坐つてゐる」のがいいと言う。平山三郎の『百鬼園日記帖』雑記」によれば、百閒は漱石山房の机の寸法を計らせてもらい、同じ寸法の机を註文したという(3)。百閒の漱石への思い入れは、何か憑き物のようにも思えてくる。漱石からもらった皿についても次のように記している。
日が暮れた。小春の様な日景《ひかげ》が傾いてから少し風が出た。今は時時北の窓を鳴らしてゐる。木枯《こがらし》を壁と窓とに遮《さへぎ》つて、火鉢の傍に坐つてゐるのは温かい心持である。前には先生にもらつたマジヨリカの皿が電気の光をうけて美しく光つてゐる。もうぢき町子が夕食を云ふだらう。(大正六年十二月十一日晩)

漱石の「にほひのするもの」はすべて、二階の書斎に置いている。部屋（書斎）は、漱石への思い出の空間でもある。その部屋で、漱石が飲んでいた「神経衰弱の薬」を百閒も飲んでゐる。
それから私は水薬をのんだ。非常にうまい。夏の八月十九日からずつと飲みつづけてゐる神経衰弱の薬である。此頃《このごろ》は食後、特に夕食の後暫くすると是非《ぜひ》この水薬が飲みたくなる。夏から何ケ月か飲みつづけた。後気がついたんだが、先生は木曜の晩にいつも此薬をのんでゐた。片手で罎のぎざを電気の光りに透かして見ながらその話をつづけてゐた先生を思ひ出す。先生が死んだのは嘘《うそ》の様な気もする。もう一年過ぎた。私は先生の弟子であつた思ひ出を粗末にすまい。（大正六年十二月七日夜十時）
漱石が飲んでいたのと同じ水薬を飲んでは、「非常にうまい」といい、それを飲むと「片手で罎のぎざを電気の光りに透かして見ながらその話をつづけてゐた先生を思ひ出す」という。この日記を綴っていたころの百閒にとっての書斎（部屋）は、漱石を思い起こすための装置でもあるが、さらには、自分自身の過去を思い出す、あるいは過去を夢見る装置でもあった。そもそも漱石への思い出も、いってみれば、先生とどのように接したかという自分自身への思い出にほかならない。
私はなぜかう過去を顧《かえりみ》るのだらう。今夜は前にひろげて読んでゐる「消えぬ過去」から頻《しき》りに目を離して、昔に書いた文章のこと計《ばか》り考へふけつた。しまひにはその本を読んでゐても些《ちつ》とも面白くなつて来て、たうとう本を伏せて、其《その》考へに溺《おぼ》れてさつき迄考へつづけた。今はもう十一時である。先生は過去を顧なかつた。其暇《そのひま》に新しい仕事をするといふ言葉を先生の口から聞いたのを覚えてゐる。私は過去に溺れる度《たび》に先生を思ひ出す。（大正六年十一月二十三日夜十二時前）
部屋（書斎）の中で、こうした過去への執着、過去を夢見る百閒の姿は、十九世紀に登場してくる「私人」（le particulier）について書いたベンヤミンの文章をふと想起させる。私人たちは、部屋を現実から逃避する場にする。部屋をファンタスマゴリーの世界にするのである。「私人にとって、室内は宇宙そのものとなる。彼は、そこに遠く離れた地方や過去の思い出をよせ集める」[4]
百閒は、一九一六（大正五）年から陸軍士官学校にドイツ語の教授として勤めている。日記からは、この仕事に、彼が力を注いでいるふうにはみえない。また、翻訳の仕事もうけているが、一九一九年の一月の日記には、「一番気にかかつてすまないと思つたのは、ギルヘルムマイステルの翻譯が出来なくて大江氏に迷惑を及ぼす事である。まだ一枚も譯さない」（七日）と記している。これもあまり気がむかないのだろう。他方、一九一七年、百閒は岩波書店の『夏目漱石全集』編纂校閲のために築地活版印刷所に通っている。この仕事は敬愛する先生の仕事なので、力を入れている。また、一七年十月二十日の日記には、「今私の書きたいと思ってゐるのは」として、いくつかを並べ、「特に士官学校の私」というテーマをあげている。そしてすぐに「これは『坊ちゃん』の様になる怖れがある。恐らくどんなに努力してもさうならずにはすむまい」と書いている。つまり、学校のドイツ語教員や翻訳の仕事は、実質的な収入になったと思われるのだが、そちらには気がむいていない。他方先生の全集の仕事は大切に思っている。そして、自分が書きたいと思っていることに想いをめぐらせている。収入源となりそうな社会的な仕事から距離をとっている。そして、部屋（書斎）では「消えぬ過去」の思い出にふけっているようなのだ。
さらにいえば、収入源となる仕事ばかりか、家の仕事はどうやら一切できなかった。一九一九年正月の日記には「家の内ぢゅう大混雑ごみだらけの中で雑煮を食ふ。書斎に行つて年賀状の追加を十枚許《ばか》り書く」とある。書斎（部屋）こそが百閒の居場所なのだろう。

「いろはのいの字を一字かいて其紙片を抽斗《ひきだし》の中にしまつて置いても、それから後五年十年経《た》つてから見ればその紙片には反古《ほご》にするに忍びない愛著が出来る。私に取つては尊い思ひ出である」さうして又今つかつてゐる灰落しが私に取つて如何《いか》に大切なかを考へた。此灰落しは私の子供の時の玩具の火鉢である。二十何年を経過した過去の片われを私は冷《ひや》やかに見る事は出来ない。
（大正六年八月二日晩）

子どものころに遊んだ玩具の火鉢を、いまは煙草の灰皿に使っているのだが、そこにも過去の捨てがたい思い出がある。子どものころの玩具を捨てがたく部屋に置いておくことについて、川村二郎は、その玩具の火鉢は「使用者にとってそれは物ではないのである。物を物として見ないのは、幼児的、乃至原始人的心性の特色だが、玩具の灰皿に即してその心性が直截に露出[5]しているのだ」という。「物を物として見ない」ということの意味を、川村はいわば「フェティシズム」として位置づけている。それは「自己一己の執着」だともいう。他人にとって価値があるかどうかわからないようなものに執着するその心性には、「客観性の要求に対して」頼りないのだが、「ほかならぬその頼りなげな態度を徹底することによって、日記の記述は独特な客観性を獲得するのである」と川村は結論している。

川村のこの文章は、阿部次郎の『三太郎の日記』と百閒の『百鬼園日記帖』を比較し、後者の魅力を分析するという文脈の中で書かれたものである。百閒よりも少し年長の阿部もまた漱石の門下であり、『三太郎の日記』は、いわゆる教養書として戦前の学生たちに受け入れられた。川村は、『三太郎の日記』における「自己披露の口調は、どこか商人の勧誘じみて聞こえる」と、その自己表現のあり方をしりぞけている。「自己一己の執着」としてその価値を大切にしようとする百閒に対して、阿部は、その価値を披露するにあたって、まるで商人が客にむかって「これでも雪花石膏で出来ていて、お廉くはないんですよ、といっているように聞こえる」とまで述べている。

十九世紀に登場してくる「私人」(le particulier)のように、百閒は自身の過去に対して大切な価値あるものとして、何度も繰り返し思い起こしては夢見る。『百鬼園日記帖』を書く百閒にとってその部屋(書斎)は、まさに過去を夢見る空間、装置であった。

お弟子(継承者)を名のる人々

一九一九年年の正月、百閒は漱石の家に年始の挨拶に行く。もうそのころは、漱石の家にはめったに足を運ぶことはなくなっていた。

大分無沙汰をしてゐたから大方《おおかた》一年ぶりに先生の書斎へ入る。平生行くと先生の書斎に瀬見がゐるさうだから決して行かない。見たくない。けれども正月に行かなければ又当分夏目の閾《しきい》を跨《また》ぐ機会もないと思つて強《し》ひて行つた。いつもの正月の通り澤山行つてた。（中略）夏目の空気は実に不愉快である。軽薄で下卑《げび》て堕落してゐる。河原が最も阿諛《あゆ》を逞しうしてゐる。先生の本当の気持も解する事の出来なかつた男だ。先生が死んで駄辯を無遠慮に吐く幸運に際会してゐる。むにやのむにやむにやなる瀬見、下手《へた》な太鼓持猿丸みんなして先生が死後に残した書斎の清気を濁してしまつた。まあ勝手にするがいい。兎《と》に角《かく》彼等のゐる時に先生の書斎を見るのは不愉快だから、もう行くまい。（二月一日）

漱石の思い出は、すでにふれたようにこのころの百閒にとっては大きな場所をしめていた。だからこそ、漱石の死後、その書斎にいる人々のことを嫌い、夏目には行かないと記している。これもまた、過去を夢見ていた百閒らしい記述である。

ここで「瀬見」と書かれているのは漱石の長女筆子と結婚した小説家の松岡譲である。松岡は、漱石の妻鏡子の談話を書き取り（筆録）し『漱石の思ひ出』を刊行している。百閒が、なぜ松岡をこれほどに嫌ったのかということの詳細は、『百鬼園日記帖』には書かれていない。

ところで、漱石門下の寺田寅彦もまた、「夏目先生のお弟子《でし》と見られている人がかなりおおぜいいるようである」として、実際には、本当に「お弟子」であったかどうかは曖昧な人たちがいることを暗に語り、「お弟子の名もはかないものである」としている。[6] そのかかわり方がどうもわからない人々が、漱石の弟子を語っていることが少なからずあったのだろう。そのことに寅彦もたまりかねてのエッセイである。

たしかに、いわゆる大家といわれる人物が世を去ると、わたしこそがその後を継いだ弟子だといったことを主張する人が少なからず存在することは、日本では文学にかぎらず、さまざまな分野で見られることなのだろう。それは今日においても見られる現象である。こうした不思議な現象は、創作の世界で「家元」などという暗黙のシステムを創り出してきたわたしたちの社会が生んだ特有な意識なのかもしれない。そして、もちろん「文豪」漱石には、そのお弟子（継承者）を名のる人たちが、あちこちにいたのだろう。そうした現象に対して、寅彦のエッセイは、不快感を持ちながらも、それを顕わにするというよりも、そうした現象そのもののあり方へと目を向けている。

寅彦の軽やかな批評的エッセイに対して、百閒のそれは、「夏目の空気は実に不愉快である。軽薄で下卑て堕落してゐる」「下手な太鼓持猿丸みんなして先生が死後に残した書斎の清気を濁してしまつた」と激しい。こうした調子にも、百閒の日記が、駆け引きなしの「自己への執着」によって書かれていることを鮮明にしている。その「わたし」に執着して綴られた日記は、結果として「私小説」以上の精巧なつくりになっている。

三畳の掘っ立て小屋——記憶の焼失

百閒は、清子と結婚後、五度ほど引っ越しを繰り返し、借金に追われて「下宿屋早稲田ホテル」

に生活を移し自宅と疎遠になっていく。一九二九（昭和四年）年、早稲田ホテルを出て、市ヶ谷で佐藤こひと生活することになる。その後も四度ほど引っ越しをしている。現在のわたしたちの住まいのあり方からすれば、百閒は生涯、引っ越しが多かったと言える。
『百鬼園日記帖』以降の多くの住まいの中でも、興味深いのは、敗戦の少し前、一九四五（昭和二十）年五月二十六日の空襲でそれまで住んでいた麴町の家を焼失し、移り住んだ「小屋」である。松木男爵邸の庭にあったわずか三畳の掘っ立て小屋であった。「東京焼盡」(7)とした百閒の日記中に、一九四五年五月二十六日の状況が書かれている。

薄雲だか大火事の煙だか灰塵だかわからぬものが空を流れてゐる。家内はおなかがすいたと云つた。自分も腹はへつてはゐるが、そんなに食べたいとは思はない。しかしよそで道傍で御飯をたいてゐたりお結びを食べてゐるのを見ると羨ましい。どこかの家から姉さんにお結びを幾つかくれたらしい。それを一つ自分にくれた。家内はその時傍にゐなかつたがその分はあるとそちらで云つてゐるのが聞こえた。貰つたお結びは温かくてうまかつた。家内が戻つて來てから姉さんから半分貰つた。九時近くなつて雨が降り出した。大した事はないが困る。荷物は隣りの官邸の屛際に不思議に焼けなかつた家があつて、そこの爺やがもとゐた小屋に入れさして貰ふ事に家内が頼んで來た。家内の姉さんの一家の荷物もそこに入れさして貰ふ。別に四番町の青木と云ふ一家も荷物を入れてゐる。小屋は三畳敷である。

空襲で家が焼かれ、偶然みつけた小さな小屋に百閒夫婦は転がり込む。この小屋の様子についても同日付けの日記に記述がある。

一畳は低い棚の下になつてゐるから坐つたり寝たり出來るのは二畳である。天井も壁もないがトタンの屋根の裏側には葦簾が張つてあり、壁の代りに四方みんな蓙を打ちつけてある。二枚ある硝子窓のカーテンも蓙である。（中略）今日はその小屋に家の持ち出した荷物と家内の姉一家の荷物と四番町の青木と云ふ家の荷物とを入れ、又入り代つてその狭い畳の上で休んでゐる。（中略）四番町の青木は荷物を置いた丈で寝には來ないが、家内の姉の一家は亭主だけが壕に寝て女三人、家内の姉と養女とその女の子は小屋へ寝に來た。三畳の内使へる二畳の上に五人寝た。

この小屋に入った五月二十六日の当日は、二畳に五人が折り重なるようにして寝ることになった。また、屋根はトタン、壁には莫蓙を打ちつけただけの実に粗末な小屋である。この小屋に、百閒夫婦は、結局、三年間暮らすことになる。ここで「家内」と語られているのは、一九二九年以来、ともに生活することになった佐藤こひである。したがって、ここで「姉」と記しているのは、こひの姉である。
ほとんどすべてのものを焼失し、小屋暮らしになった百閒の部屋に対する意識は、「子供の時の玩具の火鉢」を灰皿として愛玩していたかつての百閒のそれとは大きく変化していく。ほとんどのものを失って百閒は、「さつぱりした」とまでいう。同じ年の五月三十日の記述である。

私は私の都合でさつぱりした事は確かである。二階の書斎の大机のまはりや本箱の抽斗や押入の中や茶の間の廊下の小さなテーブルの上や、その他整理しなければならぬ片附けなければならぬと常常さう思ひながらいつ迄たつてもどうにもならなかつた煩ひを、一擧に焼き拂つてしまひ實にせいせいした気持である。昔雑司ケ谷の盲學校の前の家にゐた當時から時時空想した願ひがある。一つ家に十年位住むと身邊に何かと片づかない物、割り切れないものがたまつて何でもない雑用の堆積が生活のもつと奥の方までふさいで仕舞ふ様な事になる。明け暮れが不愉快になり正體の解らぬ憂悶となる。大體一ヶ所に十年を過ごしたら別の所に家を借りる。空つぽのがらんどうの新宅に手ぶらで引越したい。今迄の家にあつた物は身邊の諸道具は勿論、抽斗戸棚の中の物はみんなその儘にする。本箱や簞笥の様な容れ物もその儘にする。新居に移つてから必要な物は必要の起こつた時に次ぎ次ぎに買つて行く。前の家は、中身ごと焼き拂ひたいがそれは近所の迷惑になるから屑屋でも掻つ拂ひでも來て勝手に持つて行くに任せる、さう云ふ事が本當に實現したらいい気持だらうと考へた。今度の空襲で二十何年前の空想が稍實現した様である。わざわざ重たいのに持ち出した風呂敷包み等があるから、何もかも焼き捨てたと云ふわけには行かない、又一たんさうして今迄の物を棄てた上で別に新らしく買ひ調へると云ふその方は何一つ叶はぬ今の情態では、持ち出した荷物位は我慢しなければならぬであらう。さうすれば先づこの位で自分の空想が實現したと云ふ事にする。せいせいし又さつぱりせざるを得んや。

一九一七年から二二年にかけて綴られた日記『百鬼園日記帖（続百鬼園日記帖）』では、あれほどにまで部屋に置かれたものへの記憶に執着し、過去を夢見ていた百閒は、「家は中身ごと焼き拂ひたい」とまでいう。何もかも焼き払いたいといった部屋への意識は、「昔雑司ケ谷の盲學校の前の家にゐた當時から時時空想した」ことだとしている。百閒が雑司ヶ谷の住まいに移り住んだのは関東大震災の翌年の一九二四（大正十三）年のことだから、『百鬼園日記帖（続百鬼園日記帖）』を綴っていた少しあとのことである。当時、記憶装置としての部屋にあって過去を反芻していた百閒は、そうした部屋を棄てすべてを焼き払うということを、それとなく想像したのだろうか。しなかったとはいえない。ぼんやりとそうした想念が頭をかすめたかもしれない。しかしながら、そうした想念が自身の中ではっきりとしたかたちでせり上がってきたのは、やはり空襲による焼失という現実を体験したことによっているのではないだろうか。部屋の痕跡、記憶を焼き払うという想念は、それが空襲で現実になった出来事の事後的なものとしてはっきりとした言葉になったように思える。

トタン屋根に莫蓙の壁に囲まれ、水道も電気はもちろんトイレすらないひとつだけの部屋のみの住まいでの生活が始まると、部屋は過去を夢見る装置ではなくなる。そして、その部屋を生活空間として、いかに「居心地良い」ものにするかということに意識がむけられていく。

こうした状況の中で、百閒は、まずは三つのことが問題だと把握している。ひとつは、食事をつくる炊事場、第二に「あかり」だという。ふたつの問題については、百閒は次のように解決している。まずは、焼失したもとの家の焼け跡から、七輪を掘り出し、それを入れることで「庖厨」（炊事場）ができたという。また、「蠟燭や仰願寺」で照明の問題は解決した事にするとしている。「仰《ごう》願寺《がんじ》」というのは、浅草の仰願寺の住職があつらえた仏前用の小さい蠟燭のことだ。
そして、こうした状況の中では、もっとも重要なのはトイレである。一九九五（平成七）年の阪神淡路大震災では、生活の中でもっとも重要なものは、プライバシーと清潔さを確保できる装置であることがわかった。まずはトイレと風呂である。エンジニアそしてデザイナーでもあるバックミンスター・フラーは、早くからこのことを意識していた。一九三八年、フラーは、薄い金属板による一体成形によるプレハブ式浴室とトイレをデザインした。「ダイマクション・バスルーム」と呼ばれるこのユニットはさらに、一九四三年、キッチンなどを加え、車輪をつけた移動型最小限住宅としてデザインされた。また、いわゆる「ダイマクション・ハウス」がデザインされることになる。最小限の生活について、フラーは清潔な身体を保つこととともに、トイレを重視していた。百閒もまた第三の問題として「憚り」をあげている。五月三十一日の日記である。

憚りは、今日家内がこしらへてゐた。小屋のうしろの屛陰に穴を掘り、焼け跡から持つて來たバケツを入れ、兩側に歩道の敷瓦を一枚宛置いて設備は完璧である。入口には焼けトタンが立て掛けてあるから外からは見えない。上には大樹の枝がかぶさつてゐるので少し位の雨なら傘の代りにもなる。通風が良いから防臭劑も必要でなく、ヱンチレーションの筒を樹てる事もない。これでこの小屋の安住の条件がととのつた。(8)

トタンで囲ったトイレができたことで、百閒はいかにも気持ちが落ちついたようで「これでこの小屋の安住の条件がととのつた」としている。最小限の住空間では三つの条件として「炊事場」「あかり」「トイレ」を百閒はあげているのだが、この中では、もっとも重要な項目は実は三番目の「トイレ」であったはずだ。百閒は、生活するための最低限の部屋とは何かということをこの粗末な小屋暮らしから鮮明にしていく。
この小屋に転がり込んで、一月半ほどたつと、小屋暮らしの生活にも少し慣れてきたのだろうか、持ち込んだままの荷物を開いていく。七月一日に次のように記している。

包みをひろげたり、いる物が無かつたりすると家内は愚痴を云ふ。又何でもない時にぼんやり考へ込んでゐると思ふと焼けた物を次ぎから次ぎと思ひ浮かべて愚痴を云ふ。お蔭で忘れてゐる物まで思ひ出して、あれは焼けたと云ふ事を更めて確認しなければならない。忘れてゐる物なら焼けたも焼けないも同じ事である。又忘れてゐない物でも、有つた物が焼けて無くなつたのだが、無くなつたところから云へば有つた物も無かつた物も同じ事である。もともと無かつた物も焼いた事にしようと私が教へる。ピアノ三臺、ソファ一組、電氣蓄音器、合羽坂の時分から家内が欲しがつたのを許さなかった電氣アイロン、それから蒸籠、ミシン等、惜しい事にみんな焼いてしまつた、焼けたので無くなつた。もともと無かつたかも知れないが有つたとしても矢つ張り同じ事である。(9)

すでにみたように、部屋にあったものをほとんどすべて焼いてしまった百閒は、「一挙に焼き払つてしまひ実にせいせいした気持である」と記している。妻に愚痴をこぼされ、「有つた物も無かつた物も同じ事である。もともと無かつた物も焼いた事にしようと」と百閒は妻を諭す。三畳ひと間の部屋では、それを構成する素材が茶室のようによほど手の込んだものでないかぎり、部屋そのものの特有性などあるはずがない。ましてトタン屋根に莫蓙の壁といった小屋である。切りつめられた部屋に、自身の痕跡を残せるとしたら、わずかな生活用品をそこに置くしかない。
過去を追憶するものが無くなってしまったことについて、かつて存在したものも存在しなかったものも、すべてが失われた状況の中では、今現在どちらも存在しないことでは同じだと百閒は思うことにしたというわけである。三畳かぎりの部屋での生活しかないという現実を受け入れるなかで、百閒はそこで可能なことを実現するしかない。どうにもならないことについては、それをなんとか解釈することで受け入れる。あれほどこだわった過去の記憶のまとわりついたさまざまなものに対して、焼失してしまえば、「せいせいした」というほかない。かつてあったものが焼失してしまえば、それらが存在していたのか、いなかったのかということはどうでもよい。どちらも同じことだと思いこみ、そのように自分自身に言い聞かせているように思える。そうした意味でも、この三畳の部屋は、百閒にとって記憶装置としての部屋をはるか遠くへと押し流してしまう空間体験となったはずである。

注

（1） 内田百閒『百鬼園日記帖』（旺文社文庫　一九八四年）。『百鬼園日記帖』からの引用は、すべてこれに依拠している。
（2）『新輯内田百閒全集』第三十三巻（福武書店　一九八九年）
（3）平山三郎「百鬼園日記帖」雑記、『百鬼園日記帖』所収。
（4）ヴァルター・ベンヤミン「パリ――一九世紀の首都（フランス語草稿）」『パサージュ論――Ⅰパリの原風景』所収（今村仁司他訳　岩波書店　一九九三年）
（5）川村二郎『内田百閒論――無意味の涙』（福武書店　一九八三年）
（6）寺田寅彦「単章その二」『柿の種』（岩波文庫　二〇一一年、初版一九九六年）
（7）、（8）、（9）『新輯内田百閒全集』第二十三巻（福武書店　一九八八年）

都市の観相者　永井荷風

自己を記録することへのエネルギー

永井荷風の日記は、現在『断腸亭日乗』(1)全七巻として読むことができる。一九一七（大正六）年九月十六日から一九五九（昭和三十四）年四月二十九日までの、四十二年間にわたっている。

ただし第一巻の冒頭には、「西遊日誌抄」として、一九〇三（明治三十六）年九月十七日から一九〇八（明治四十一）年五月三十日までの断片的な日記が収録されている。「西遊日誌抄」は、荷風が一九〇三年にアメリカに遊学し、一九〇五（明治三十八）年にワシントンの日本公使館での勤務、ニューヨークの横浜金正銀行支店の臨時職員、一九〇七（明治四十一）年フランスのリヨンでの横浜正金銀行支店での勤務から、翌年の銀行の辞職などの経緯をふくむ欧米での体験が綴られている。

この間、荷風はフランスから巖谷小波に「あめりか物語」の原稿を送っている。一九〇八年二月五日「去年十一月小波先生の許に郵送したる『あめりか物語』に關して先生の返書到着す」とあるが、小波の評価については記されていない。

ともあれ、「西遊日誌抄」も荷風の日記としてあるわけだが、『断腸亭日乗』とは別物として荷風は位置づけている。

荷風の従兄弟にあたる父大島一雄（杵屋五叟《きねやごそう》）の次男で後に荷風の養子となった永井永光は、長年書き継がれた『断腸亭日乗』について、記憶をたどりながら語っている。


その原本は特製の桐の箱に入れて、今も家に保管してあります。

荷風は毎日、手帳にいろいろ見聞きしたことを書いて、それを今度は大学ノートに写すのですが、それをまた和紙に清書しました。罫線を引いた下敷きを差し込んで、曲がらないように書くのです。書くのは苦ではなかったようで、筆は達筆です。その代わり、鉛筆で書いたメモの字は全然読めません。

清書したものはまとめて綴じて製本しました。こういう和本仕立ての装丁は、いまできる人が神田に一人しかいないそうです。ずいぶんお金もかかっているでしょう。原本を見ますと、和綴本の表紙は「日記」で、帙《ちつ》の題簽は「日乗」になっており、また日記の最後のほうは綴じられていません。(2)


この談話によれば、荷風は、日々の記録を手帳からわざわざノートに写し、さらに和紙に清書し和綴じにして、『断腸亭日乗』としてまとめていた。荷風が日記にかけるエネルギーは並大抵のものではない。『断腸亭日乗』は、自身の日々の記録であるとともに、街の風俗、新聞記事、ものの価格などさまざまなことの記録がなされている。また、小説の題材として記されているところが少なからず見受けられる。日記にこれほどのエネルギーを注いだのは、自身の痕跡をとどめておきたいという強い欲望の結果のようにも思える。したがって、その保管には、注意をはらっており、まわりの人々をわずらわせるほどのものであった。永光は、その保管についても述べている。

荷風自身は知らなかったようですが、父は荷風から『断腸亭日乗』などの保管を依頼されたので、たいへんな苦労をしました。父は焼失するのを防ぐため、知人である杵屋彌十郎さんの御殿場の家に預けました。彌十郎さんは浅草オペラ館の「葛飾情話」も見ています。日記の複製が主でしたが、ブリキの缶に入れ、土中に埋めて保管したようです。荷風は、預けたものの安否をしきりに父に問い合わせていたようです。
複製の日記は代筆されたものでした。代筆をした平井程一さんや猪場毅さんとはいろいろあったようですが、私が市川に来たとき、もう複製はありませんでした。処分してしまったのではないでしょうか。（中略）
岩波書店で全集を出したときは、毎日、妻が岩波映画に日記を持っていき、一枚一枚、全部写真に撮って原本にしました。裏側の文字が写るのを防ぐために、白い紙を和綴じの紙の間に入れ、ガラスを載せて撮影し、それを文字に起こし、照らし合わせて原稿にしたのです。いかに全集を出すためとはいえ、日記の原本を出版社に預けっぱなしというようなことはしません。撮影の間は居眠りもできないと、妻はこぼしていました。(3)

荷風は、「日記」の保管を従兄弟に依頼し、さらに従兄弟は知人の御殿場の家に預け、念入りなことにそれをブリキ缶に入れて土中に埋めた。しかも、荷風はその安否をしきりに従兄弟に問い合わせている。荷風にとって自己の記録は、ほとんど自分の分身のようなものであったかもしれない。それが喪失してしまうことは、存在が忘れ去られることのように思えたのではないだろうか。

偏奇館へ

荷風が自己の痕跡として、日記『断腸亭日乗』に圧倒的なエネルギーを注いだことと、かれが生活した住まい偏奇館のあり方とはどうやら無縁ではないように思える。
荷風は、一九二〇（大正九）年、麻布につくった住まい（偏奇館）に、築地から移り住み、以後、一九四五（昭和二十）年三月の空襲で焼失するまで、この偏奇館に暮らしている。偏奇館はペンキ館をもじったものである。二〇年五月二十三日の日記に荷風は、新居偏奇館についてふれている。

この日麻布に移居す。母上下女一人をつれ手つだひに來らる。麻布新築の家ペンキ塗にて一見事務所の如し、名づけて偏奇館といふ。(4)

ペンキ塗りの外壁の住まいは「事務所」のようだと自ら評しており、あまり風情のある住まいではなかったと思われる。永光の記憶をもとにして描かれた偏奇館の外観は、下見板張りの外壁を持った総二階である。屋根は寄せ棟となっている。一階も二階も同じ大きさの窓が規則正しく並んでいる。事務所のようでもあるが、戦前の小学校のようでもあり、ほとんど特徴的な表情を持たない、無愛想といっていい外観である。
『断腸亭日乗』中、この偏奇館についての言及は、きわめて少なく修繕にまつわる記述が見られるくらいだ。一九三四（昭和九）年十月五日、偏奇館の外壁のペンキの塗り直しの見積もりをさせている。

午後丸の内に所用あり。歸り來れば棟梁岩瀬ペンキ屋職人を連れ來りて家屋塗替の見積をなしゐたり。大正九年移居の時戯に此陋屋を名つけて偏奇館となしたり。今年ペンキ塗替をなせば其の外觀一新して、いよ〳〵ペンキ館の名にふさはしきものとなるべし。昏暮再び出でゝ銀座二丁目オリンピックに至りオートミイル一皿を啜り、いづこにも立寄らず直に歸る。雨また降來る。北鄰上條といふ家の人夜ピアノを彈ず。ラヂオの放送と相混じ喧騒甚し。(5)

ペンキの塗り替えをすれば、ますますペンキ（偏奇）館だという。あまり住まいに凝ったりしなかったことが窺える。また、ちょっとした食事のために、わざわざ銀座にまで出かけていることも、『断腸亭日乗』に書かれた荷風の生活の特徴が出ている。とにかく、荷風は都市を遊歩し続けているのである。また、ピアノとラジオが喧しいと述べているのも、特徴的で、たびたびラジオがうるさいと記している。とりわけ、戦後一九四六（昭和二十一）年の八月の『断腸亭日乗』には、ラジオがうるさくて部屋にいることができないことがさかんに記されている。

小説『濹東綺譚』の主人公大江匡が玉の井を遊歩するのは、近所のラジオのうるささを避けてのことという設定である。
もうひとつ偏奇館の修繕に関する記述をしているところがある。一九四二（昭和十七）年九月十五日の日記である。

雨ふる。午後大工岩瀬來り明日より偏奇館修繕の仕事にかゝるべしと言ふ。偏奇館は大正九年五月に竣成せしものなれば今年にて二十三年とはなれるなり。大工も白髪の爺となり、余も亦老衰して見る影もなし。(6)

この記述からすると、老朽化する荷風の住まいの修繕については、自ら気にかけていたというよりも、大工の岩瀬が面倒をみていたのだろう。荷風は住まいについて、相変わらずさほど気づかう気配はない。
偏奇館の間取りや部屋の様子についての荷風の記述はほとんどない。永光が偏奇館の部屋について語っているところによれば、次のようなものである。

偏奇館は、総二階で縦長の家でした。玄関を入ってすぐ左手がよく写真に出ている洋間で、二階に上がる階段が、玄関のすぐ脇にあったと思います。二階は上がったことがありませんが、蔵書がおいてあったりしたのだろうと思います。(7)

また、菅原明朗稿本『荷風罹災日乗註考』から引用した秋庭太郎の『考證永井荷風』に偏奇館の様子が見られる。

玄関はやつと一人か二人が立てるくらゐの低い石段があつて、雨よけなぞ出来そうもない名ばかりの廂に片開きの扉が一枚。この扉はガラスがはまつていて、ステッキ一本あれば打きこわせる程度のもの。これを開けると一疊そこ〳〵の土間があつて、直ぐ正面に二階へ上る階段。この階段にそつた左は眞直な廊下で、そのつき當りが臺所。臺所は家不調和に広かつた。臺所の右は勝手口へ、左は風呂の焚場に通じている。臺所の手前を廊下は左へ折れて湯殿と女中部屋に通じ、玄關正面の階段の左にドアーがあつて、これが書齋の入口になつていた。書齋にはいつて右手の奥が小さな書庫になつている一室である。上下共にベランダーもサンルームも無い總二階だつたので二階は階下よりも間取りが廣く、納戸、書庫、寝室の三つに割れていた。その名の如くペンキ塗の何の趣きも無い實用一點張りの家であつたが、庭に樹が多かつたので、其れとの調和に明治の時代を想わす情趣があつた。塀と門は頗るお粗末なもので、板の切れ端しの様なものに永井とのみ書いた表札が一本の釘で打ちつけてあつた。(8)

この間取りの記述は、永光の記憶をもとにして作図した偏奇館の一階の図とほぼ一致している。その図では、一階は記述にあるように玄関脇の階段。玄関を入って左手に洋間、その奥に「女中部屋」（ここだけ畳）、中廊下を隔ててトイレ、その奥に勝手口、さらにその奥には風呂と台所がある。これだけである。さほど広くはない。さきに引用した記述にもあるように、荷風自身、偏奇館を「陋屋」としている。つまり小さな家ということだろう。ただし、庭の樹は多かったので情緒があったという。

簡素なレイアウトである。女中部屋からは廊下をへだてて台所があるから、そこでつくられた料理は玄関のそばにある洋間に運ばれることになる。食事する部屋はそれ以外にない。もともと洋間は、ダイニングとして計画されたかもしれないが、菅原（秋庭）の記述によれば書斎に使われていたという。

女中部屋には政江という下女がしばらくいたようである。永光が引用しているように『断腸亭日乗』一九三五（昭和十）年十二月七日の記述に政江が女中部屋で寝ている様子がある。

しかし、「政江さんが出ていってからは、女中部屋は万年床で、電話帳を枕にして寝ていたようです」と永光は『父荷風』で述べている。また、「女性がいたという記憶はありません。だいたいいくら荷風でも、汚いから女性をあの部屋には案内しないでしょう。客は洋間が多かったと思います」という。

『断腸亭日乗』にも偏奇館の部屋や、そこに置かれた家具調度についての記述はまったくといっていいほどない。部屋に置かれたものの中で唯一、荷風が愛着を持っていたのは書籍類だろう。『断腸亭日乗』では、さかんに洋書、和書を購入しそれを読んでいることが記述されている。

下女の政江が出て行ってからは、彼女が使っていた畳の部屋に万年床を敷き、電話帳を枕にしていたという話からも想像できるのは、部屋に対して、荷風はほとんど頓着しなかったということだろう。部屋に自らの存在の痕跡を残していくことに対する執着が希薄だったということだ。その分だけ、部屋に存在の痕跡を残すことより日々の出来事や見聞を記録することの方にエネルギーを注ぎ、それを『断腸亭日乗』として残すことに執着していたのではないだろうか。

話は前後するが荷風は、偏奇館をつくって築地から移り住むのだが、この築地の住まいは、一九一八（大正七）年に、荷風の父がつくった大久保の住まいから移り住んだものである。この移転には、少なからぬ意味があったように思える。

荷風は一九一〇（明治四十三）年、森鷗外と上田敏の推挙を得て慶應義塾大学の教授になる。そうしたこともあってだろう、荷風は生涯、鷗外と上田敏を尊敬していた。その慶應義塾を、荷風は一九一六（大正五）年に退職している。「荷風は慶應義塾を退職する直前、牛込區大久保余丁町七十九番地の邸の廣い地所の半分、既ち表通りに面したところの角地面約五百坪を子爵入江爲守に分讓した」[9]。つまり、父がつくった大久保の住まいの土地の半分を売却している。『断腸亭日乗』を書き始める前年のことである。

そして、『断腸亭日乗』を書き始めた翌年、つまり一九一八年八月八日の日記に次のように記している。


屋後の土藏を掃除す。貴重なる家具什器は既に母上大方西大久保なる威三郎方へ運去られし後なれば、殘りたるはがらくた道具のみならむと日頃思ひゐたし〔ママ〕に、此日土藏の床の揚板をはがし見るに、床下の殊更に奥深き片隅に炭俵屑籠などに包みたるものあまたあり。開き見れば先考の往年上海より携へ歸られし陶器文房具の類なり。之に依つて窃に思見れば、母上は先人遺愛の物器を余に與ることを快しとせず、この床下に隱し置かれしものなるべし。果して然らば余は最早やこの舊宅を守るべき必要もなし。再び築地か淺草か、いづこにてもよし、親類縁者の人ゝに顔を見られぬ陋巷に引移るにしかず。嗚呼余は幾たびか此の舊宅をわが終焉の地と思定めしかど、遂に長く留まること能はず。悲しむべきことなり。(10)


それまで家にあった家具や什器が運び去られ、床下には貴重なものが隠されていたことで、荷風は、父がつくった大久保の住まいを去ろうという気持ちが強くなる。同じ年の十一月二十六日の日記にはつぎのようにある。

「平山堂番頭來り家具一式の始末をなす。賣却金高一千八百九拾貳圓餘となれり」

また、翌二十七日には次のように記している。

「建物會社ゝ員永井喜平富士見町登記所に赴き、不動産讓渡しの手續を終り、正午金員を持參す。其額貳萬參千圓也。三菱銀行に赴き預入れをなし」

さらに十二月四日。

「家具什器を取まとめし後、不用のがらくた道具を賣拂ふ。金壹百貳拾圓ほどになれり(11)」

慶應義塾大学を退職し、同じ年に住居の半分を売却し、その二年後には、残りの住居と家具什器をまとめて処分した。書画骨董のたぐいもこのときに売り払っている。そうしたことのあった一九一六年と一八年の間、つまり一七年に『断腸亭日乗』が書き始められているのである。そして、すべてを処分した一八年に築地に移り住み、二〇年に完成した偏奇館に住み始めることになる。
父がつくった大久保の住まいであるが、なかなか趣のあるものだったようだ。それを購入した入江爲守の次男の相政がその様子を語っている。

荷風から買入れた家附の地所は約五百坪で邸内にはサイカチやムクが多く、欝叢たる大木があつて幽邃の趣きがあり、これが父の氣に入つたのです。父は数寄屋風とは異つた作りの家を建てました。わたしは舊《もと》の凝つた書齋を勉強部屋にしてゐましたが、時には塀越しに庭内を逍遙してゐる色の白い荷風の姿を見かけたこともあります(12)。

偏奇館とはちがって、趣味豊かな住まいであったことがうかがえる。荷風は、この家の一室を「断腸亭」と名付けて書斎にしていた。秋庭太郎の『考證永井荷風』には、一九一七年十月に撮影した断腸亭での荷風の写真が収められている。床の間を背にして、二月堂のような小机の前で座している着物姿がある。脇には筆立てらしきものが置かれている。きちっと整えられた和室である。日記（日乗）を書き始めた頃の荷風は、先考（父）の所蔵していた書画骨董で、室内（断腸亭）を整えていた。
そうした住まいや家具什器、書画骨董のたぐいをすべて処分し、「ペンキ塗の何の趣きも無い實用一點張りの家」（菅原明朗）をつくり、そこで『断腸亭日乗』を書き続けた荷風は、あきらかに過去の記憶としての「部屋」を意図的に消し去ったのだといえるだろう。
「余は幾たびか此の舊宅をわが終焉の地と思ひ定めし」と思っていた住まい、「部屋」「家具什器」などの過去の痕跡を消滅させ、あらたな「實用一點張り」の「部屋」へと移り住む。そのことが『断腸亭日乗』という念入りな自らの痕跡をつくりはじめたことと深くかかわっているのではないか。

都市へと広がる部屋

偏奇館では、自分の住まいにあまり頓着しなかった荷風であるが、一九四五年三月十日の空襲で偏奇館が焼失した時は、さすがに偏奇館への感慨を記している。

三月九日、天氣快晴、夜半空襲あり、翌暁四時わが偏奇館燒亡す、火は初長垂坂中程より起り西北の風にあふられ忽市兵衛町二丁目表通りに延燒す、余は枕元の窓火光を受けてあかるくなり鄰人の叫ぶ聲のたゞならぬに驚き日誌及草稿を入れたる手革包を提げて庭に出でたり、谷町邊にも火の手の上るを見る、（中略）余は風の方向と火の手とを見計り逃ぐべき路の方角をも稍知ることを得たれば麻布の地を去るに臨み、二十六年住馴れし偏奇館の燒倒るさまを心の行くがき（ママ）り眺め飽《あ》かさむものと、再び田中氏邸の門前に歩み戻りぬ、（中略）近づきて家屋の燒け倒るゝを見定ること能はず、唯火焰の更に一段烈しく空に上るを見たるのみ、是偏奇館樓上少からぬ藏書の一時に燃るがためと知られたり、(13)

空襲を受けて、荷風は枕元に置いてあった鞄を提げて、すぐに外に出る。鞄の中には「日誌及草稿」が入っている。やはり、日記と草稿が荷風にとってはもっとも重要な品物であった。それを鞄に入れ、万年床の枕元に置いて、いつでも鞄ひとつで逃げ出せるようにしていたのである。しかし、二十六年間住んだ偏奇館の焼き倒れる様子を「心の行くかぎり」眺めた。自ら寝起きし、日記と原稿を書き続けた居場所の崩壊にしっかりと立ち会っておこうという荷風の心性が読みとれる。さらに、偏奇館焼失の当日三月十日に次のように綴っている。

寒風に吹きさらされ路上に立ってバスの來るを待つこと半時間あまり、午前十時過漸くにして五叟の家に辿りつきぬ、一同と共に晝飯を食す、飯後五叟は二兒をつれ偏奇館焼跡を見に行き余は巨燵〔ママ〕に入りて一睡す、昨夜路上に立ちつゞけし後革包を提げ青山一丁目まで歩みしなれば筋骨痛み困憊甚し、嗚呼余は着のみ着のまゝ家も藏書もなき身とはなれるなり、余は偏奇館に隠棲し文筆に親しみしこと數れば二十六年の久しきに及べるなり、されどこの二三年老の迫るにつれて日ゝ掃塵掃庭の勞苦に堪えやらぬ心地するに到しが、戰爭のため下女下男の雇はるゝ者なく、園丁は來らず、過日雪のふり積りし朝などこれを掃く人なきに困り果てし次第なれば、寧一思に藏書を賣拂ひ身輕になりアパートの一室に死を待つにしかずと思ふ事もあるやうになり居たりしなり、昨夜火に遭ひて無一物となりしは却て老後安心の基なるや亦知るべからず、されど三十餘年前歐米にて購ひし詩集小説座右の書巻今や再びこれを手にすること能はざるを思へば愛惜の情如

何ともなしがたし、昏暮五叟及其二子歸り來り、(14)
「五叟」というのは、荷風の従兄弟の大島一雄（杵屋五叟）のことである。その「二子」とあるが、その弟の方が永光になる。焼失する前の偏奇館は、その掃除や庭の手入れをさせる「下女下男」「園丁」もいない状態になっていた。荷風自身では、自らの住まいを手入れしなかったのだろう。しかし、偏奇館が焼失してみると、荷風は「家も蔵書もなき身」になったと嘆いている。一方では、「蔵書を売払ひ身軽になりアパートの一室に死を待つにしかず」と述べ、他方では「三十余年前欧米にて購ひし詩集小説座右の書巻今や再びこれを手にすること能はざるを思へば愛惜の情如何ともなしがたし」と書籍を失ったことへの無念を語っている。無念であるがゆえに、書籍を売り払いアパートの一室で死を待つなどという極論を述べたりもするのだろう。
荷風は、部屋やそこに置く家具などについては、ほとんど頓着しないが、書籍だけには愛着を持っていたことがわかる。
自分の部屋にほとんど頓着しないという暮らし方は、部屋が文章を書くことと寝るための空間だということである。生活していくための十全な場所とは考えていなかったのだろう。街で食材を購入したことなどが記述されているから、もちろん自ら料理もしたはずだ。しかし、夥しい外食が『断腸亭日乗』に記されている。つまり、すべてではないが、食事の空間を住まいにかぎらず、都市の機能に依存するという生活になる。また、入浴も自宅の風呂だけではなく、たびたび公衆浴場（洗湯）を利用している。つまり入浴も都市の施設に依存することになる。荷風にとっては、部屋は偏奇館に限定されるのではなく、都市の施設（機能）へと拡張されていたと見ることもできるだろう。あるいは、部屋や住まいの機能が都市の施設や機能と自在に着脱されるといった方がいいだろうか。
こうした部屋あるいは住まいへの荷風の感覚は、あるいは「家族」「夫婦」といった家庭の人間関係にも反映されていたのかもしれない。荷風は二度、結婚して二度とも一年以内に離婚している。満三十二歳から三十五歳にかけてのことだった。以後、独身であった。一九三三（昭和八）年十一月十一日の日記に、独身あるいは夫婦について記述している。

友達の家庭に何かおもしろからぬ事が起つたり、或は子供や娘の事から親達の困つてゐる事などが言傳へられると、其度毎に君は仕合だよと、いつもわたくしは友達から羨まれるのである。わたくしは四十前後から定つた妻を持たず、又一度も子を持つたことがない。女房持や子持の人から見ると、わたくしの身の上は大層氣楽に思はれるらしい。（中略）わたくしは今が今でも縁があれば妻を持つてもよいと思つてゐる。併しさう思つてゐるばかりで、四十を過ぎてからこの十餘年間、わたくしは妻の周旋を人に頼んだこともなければ、又自分でも一夜妻の外には一向女をさがし歩いた事もない。然し一夜の妻が二夜となり、三夜となり、それからづる〳〵に縁がつながつて行つたら、大に賀すべき事だと思つて、さういふ場合には萬事成行きにまかせて置いた事も度々であつた。つまりわたくしの方から積極的に事をまとめやうとはしない。(15)

妻つまり伴侶も固定されたものではない。とはいえ、もし固定されるのであれば、それも否定しないという立場である。しかし、それも時間的に自然に長引いた結果として受け入れるというのだ。夫婦関係もいわば着脱自在にしておくということだったのだろう。

一九三六（昭和十一）年一月三十日の日記には、それまで「馴染を重ねたる女を左に列擧すべし[16]」として十六人の女性の名前を記述している。列挙した女性の中で、荷風にとって、おそらく少なからぬ場所を占めたのは、關根うたという女性だろう。同日の日記によれば、「昭和二年九月壹千圓にて身受（中略）昭和六年手を切る」とある。

荷風は、一九二七（昭和二）年十月十四日、關根うた（お歌）のための住まいを用意している。「菓子屋壺屋の裏に在る貸家なれば壺中庵と名づけたるなり[17]」。壺中庵がお歌の住まいとなった（西ノ久保八幡町、現在の虎ノ門）。翌二八（昭和三）年三月二十四日の記述に「明日お歌壺中庵を引拂ひ三番町待合蔦の家跡へ移轉する筈なり、壺中庵にて打語らふも今宵が名殘なれば夕餉して後徃きて訪ふ[18]」とある。荷風は、お歌と壺中庵ですごすのは、この日が最後だから、夕食をしてから訪ねたという。荷風は、その後、お歌のいる三番町に通っている。

しかし、荷風は「お歌」を住まわせた壺中庵にも三番町にも一緒に生活することなく、そこで時々泊まることはあってもせいぜい一泊であり、偏奇館に帰宅している。「一夜の妻が二夜となり、三夜となり、それからづるぐ〵に縁がつながつて行つたら、大に賀すべき事だ」と述べる荷風にとっては、夫婦（愛人）関係も着脱自在なものであったのだろう。考えようによっては、壺中庵や三番町の家は外部に延長された妻（愛人）の部屋である。それは、荷風がよく利用した銀座のレストランが、外部に延長されたダイニングであったことと同様のことなのかもしれない。

ちなみに、二八年三月三十日の記述に「晡時微雨降り出せしが夕餉をなさむと三番町に往くにお歌家に在らず、已むことを得ず銀座に出で太牙楼に飰す[19]」とある。お歌の家で夕食をとろうとしたが、不在なので銀座に行って食事をしたという。言い換えれば、少し離れた場所にいる妻（愛人）のところのダイニングで一緒に食事をしようとしたのだけれど、出かけているので、外の店（ダイニング）ですませたということだ。

お歌について、荷風は、一九二七年九月十七日、次のように書いている。


お歌年二十一になれりといふ、容貌十人並とは言ひがたし、十五六の時身を沈めたりとの事なれど如何なる故にはや世の悪風にはさして染まざる所あり、新聞雑誌などはあまり讀まず、活動寫眞も好まず、針仕事拭掃除に精を出し終日襷をはづす事なし、昔より下町の女によく見らるゝ世帯持の上手なる女なるが如し[20]、

お歌についてのこうした荷風の見方をもとに、秋庭太郎は『考證永井荷風』の中で、歌は「荷風にしても矢張り家事にいそしむ暖かい家庭的な女性を欲してゐたものゝの如く、荷風の關係した女の中で、この歌女が最も永續きしたのも、これあるがためと察せられる[21]」と述べている。

晩年の一九五七（昭和三十二）年三月六日、「晴。關根お歌來話。午後浅草食事[22]」というのが、關根うたに関する最後の記述である。

永光も「荷風の愛人の、関根歌さんをはずすわけにはいきません」(『父荷風』)と述べており、彼女が荷風にとって少なからぬ位置にあったことを暗示している。

遊歩者荷風

『断腸亭日乗』には、荷風の都市遊歩の記録が多く記されている。また、同時に新聞などの記事についてのノート、あるいは街で聞いた話など多様な記録になっている。また、荷風は、都市の地図や風景をさかんに手書きで記録している。味わい深い筆跡で地図や風景を描いている。わけても詳細に描いた地図は見事なものである。また、時としてカメラを使って記録していることが記されている。

一九三六年十一月九日の日記には「日は忽午なり。寫眞機を携へ玉の井に赴けば三時に近し。一部に屬する路地に入り鎌田花といふ表札出したる家を訪ひ、二階の物干より路地を撮影すること五六回なり」(23)とある。はたしてこの時の撮影がどうかはさだかではないが、秋庭太郎の『考證永井荷風』には、「荷風撮影玉の井の寫眞」がある。たしかに二階からのアングルで、路地を撮影しており「ぬけられます」の看板が写っている。この「ぬけられます」という看板のある路地は、荷風が気に入っていたらしく、写真撮影より以前の四月二十四日の日記に、同じ場所のスケッチが添えられている。

また、一九三七(昭和十二)年六月二十四日「手帳とをカメラとを携へて門を出るに殘月樹間に在り。(中略)淺草橋を渡るころ夜は明けはなれ電車の線路東雲の微光に映じて銀線を引く。人通なき街路の面には到処紙屑塵芥散亂するを見る。〔此間一行弱抹消〕水道尻にて車を下り創作執筆に必要なる西河岸小格子の光景を撮影し、再び圓タクにて家にかへれば六時なり」[24]と記している。

カメラを使った取材である。取材ノートといった性質の記述も『断腸亭日乗』には含まれているといえる。取材ノートは、いわゆるルポルタージュの手法とも似ている。

ルポルタージュは、十九世紀以降、広がっていった手法である。日本では、早い時期のものとしては、横山源之助の『日本之下層社会』が知られる。一八九九年に刊行されている。内容は、東京の貧民の実態、職人たちの仕事、あるいは桐生の織物工場、機械工場の実態、小作人の生活事情などが綿密に調査され、ときには数字をあげて報告されている。

人々の行動や社会の事態を記録し、そこからさまざまな意味を読みとるルポルタージュの視線は、「探偵小説」の視線と重なりあうところがある。それらは、同時代の産物だといえるだろう。

「探偵小説」が現れるのは、十九世紀のことだ。このことは拙著『探偵小説の室内』[25]でもふれたことだが、探偵小説の最初の発明者は、十九世紀のアメリカの作家エドガー・アラン・ポーだとされている。

現場に赴き、ときにはその場のスケッチをし、詳細な地図を描き、さらには写真をとり、手帳にメモをとる。荷風のこうした作業は、ルポルタージュにも似ているし、「探偵」の捜査にも似ている。

また、都市の遊歩を楽しんでもいる。荷風の都市の遊歩趣味は、かつての「逍遥」というのとは異なっている。逍遥は、俗世間をはなれて散策するといった意味合いが強い。また、都市遊歩は、何かを購入するためやその他用件をみたすために都市の中を歩くわけではない。都市のさまざまな現象を体感しながらそれとなく読みとって歩くといった行為といった方がいい。都市遊歩は、「探偵小説」と同じように、近代的視点を持った行為だといえるだろう。遊歩者は、「探偵」の視線を備えているのである。

「遊歩者の姿の中には探偵の姿があらかじめ形成されている。遊歩者にとってはその自らの行動スタイルが社会的に正当化されることが重要とならざるをえなかった。自分の無関心な様子をうわべだけのものに見せるのが彼にはきわめて好都合なことであった。実際、そうした無関心さの背後には、何も気づかずにいる犯罪者から目を離さない監視者の張り詰めた注意力が隠されている[26]」とヴァルター・ベンヤミンはいう。探偵と遊歩者の相同性が指摘されている。探偵小説の誕生と遊歩者の誕生は無関係ではないだろう。

遊歩者と探偵との相同性について、やはりベンヤミンの一連の言説を引きながら、社会学者の内田隆三は、遊歩者の眼差しについて述べている。


遊歩者は、探偵と同じように、群集が形成する社会性の場に棲みつきながら、そこに異和の感覚を抱いている、いかがわしい主体なのである。また、遊歩者が行使しているまなざしが探偵の視線と重なる部分があるとしても、それは観察対象をある意味のまとまりに包摂するためではない。遊歩者もまた街路の空間で些細な痕跡に目を止めるが、彼は諸形象の有機的な連続性や全体性――これこそ犯人によって仕組まれた配置である――を「挿絵的な経験」の集まりに解体して

いくからである。(27)

たしかに、荷風の眼差しは探偵と相同的なものであるが、そこから記録される事柄は、事象の全体性を書き出すことを目的にしているわけではない。さまざまな断片を記述していくことになる。

十九世紀前半に探偵小説をつくりだしたポーは、部屋を対象にした最初の観相家（physiognomiste）だとベンヤミンは指摘している。(28)荷風は、自身の部屋についての描写はほとんどしていない。しかし、都市の生活者の部屋を描写することがある。もっとも特徴的なものは、どうやら『濹東綺譚』の「お雪」のモデルになったとおもわれる女性の部屋の記述である。記述に加えて、間取り図までをも描き取っている。ここでは、荷風はまさに部屋の観相者になっている。この部屋については後ほど再度、検討することにしたい。

荷風は、文字通りの部屋よりも都市の観相をさかんに行っている。しかし、荷風にとっての都市は、さまざまな人が暮らす、ほとんど部屋にちかいものだったのではないだろうか。実際、都市の街路は生活の空間として機能している。このことをベンヤミンは次のように述べている。

街路は集団の住居である。集団は永遠に不安定で、永遠に揺れ動く存在であり、集団は家々の壁の間で、自宅の四方の壁に守られている個々人と同じほど多くのことを体験し、見聞し、認識し、考え出す。（中略）新聞スタンドが集団にとっての図書館であり、郵便ポストがその青銅の像であり、ベンチがその寝室の家具であり、カフェのテラスが家事を監督する出窓なのである。路上の労働者が上着をかけている格子垣があると、そこは玄関の間であり、いくつも続く中庭から屋外へ逃れ出る出入口であり、市民たちにはびっくりするほど長い廊下も、労働者たちには町中の部屋への入り口である。(29)

都市を生活の空間として生きている労働者たちにとって、それはまさに「部屋」なのである。「一九世紀のパリで起こっている街路と住居の陶酔的な相互浸透――とりわけ遊歩者の経験における――には予言的な価値がある(30)」とも述べている。

遊歩者としての、そして都市の観相家としての荷風にとっても、都市は「部屋」と同様の意味を持っていたのではないか。してみれば、ポーがそうであったように、荷風もまた「部屋」の観相家であったといえるだろう。

玉の井の部屋

一九三六年九月七日、荷風は玉の井を取材（遊歩）している。

言問橋をわたり乗合自働車にて玉の井にいたる。今年三四月のころよりこの町のさまを観察せんと思立ちて、折々來りみる中にふと一軒憩むに便宜なる家を見出し得たり。(31)

すでにふれたように、荷風は、食事をするレストランや喫茶など都市の商業施設を、ほとんど住まいの施設の延長としている。玉の井では「憩むに便宜なる家」をみつける。三、四月に遊歩の休憩に格好の「部屋」を見つけて半年後の九月、それまでにたびたびこの家（部屋）を使い、馴染みになっている。記述は次のように続く。

その家には女一人居るのみにて抱主らしきものゝ姿も見えず、下婢も初の頃には居たりしが一人二人と出代りして今は誰も居ず。女はもと洲崎の某樓の娼妓なりし由。年は二十四五。上州邊の訛あれど丸顔にて眼大きく口もと締りたる容貌《きりやう》、こんな處でかせがずともと思はるゝ程なり。あまり執《しう》ねく祝儀をねだらず萬事鷹揚なところあれば、大籬のおいらんなりしと云ふもまんざら虚言《うそ》にてはあらざるべし。余はこの道の女には心安くなる方法をよく知りたれば、訪ふ時には必雷門あたりにて手輕き土産物を買ひて携へ行くなり。此夜余は階下の茶の間に坐り長火鉢によりかゝりて煙草くゆらし、女は店口の小窓に坐りたるまゝ中仕切の糸暖簾を隔てゝ話する中、女は忽ち通りがゝりの客を呼留め、二階へ案内したり茶の間は灯を消したれば上り口よりは見えざるなり姑くして女は降り來り、「外出」だから、あなた用がなければ一時間留守番して下さいと言ひながら、着物ぬぎ捨て簞笥の抽出《ひきだ》しより何やらまがひ物の明石の單衣取出して着換へ始める故、一体どこへ行くのだと問へば、何處だか分らないけれど他分向嶋の待合か圓宿だらう。（中略）半帶しめかけながら二階へ上りて、客と共に降來るをそつと窺ひ見るに、白ヅボンに黒服の男、町の小商人ならずば會社の集金人などに能く見る顔立なり。女は揚板の下より新聞紙につゝみし草履を出し、一歩先に出て下さい。左角にポストがあるからとて、そつとわが方を振向き、目まぜにて留守をたのみいそ

〳〵として出行きぬ。一時間とはいへど事によれば二時間過るかも知れぬ臨時の留守番。さすがのわれも少しく途法に暮れ柱時計打眺むれば、まだ九時打つたばかりなるに稍安心して腰を据え、退屈まぎれに簞笥戸棚などの中を調べて見たり。女は十時打つと間もなく思の外に早く歸り來りぬ。行つた先の様子を問ふに、向嶋の待合へつれて行かれしが初めより手筈がしてあつた様子（中略）留守中にかきしこの家の間取り左の如し。[32]
玉の井のこの家は、しばらく荷風の「いつも憩む家」（九月十三日）となる。「いつもの家にて女供と白玉を食す。一碗三十錢とは高價驚くべし」（九月十五日）などと述べている。そして、九月二十日には「今宵もまた玉の井の女を訪ふ。この町を背景となす小説の腹案漸く成るを得たり（中略）濹東綺譚起稿」と記している。
玉の井の家を休憩所として使いつつ、荷風は女の留守番中に簞笥や戸棚の中を調べたり、部屋の見取り図を描き取ったりしているのである。すでにふれたように、同じ年の十一月にはカメラを携え、玉の井を撮影もしている。
荷風が描き取った玉の井の女の家の間取りにしたがえば、下は、入り口が土間になっており、その両端にトイレと洗面所がある。入り口を上がるとわずかな板張りの上がり框。その奥は中仕切りがあり長火鉢の置かれた部屋がひとつだけある。ここには、戸棚、タンス、茶ダンス、そして茶ダンスの上に人形、その横には三味線の箱が置かれている。それだけである。トイレの前に二階に上がる梯子がある。梯子は下の部屋の戸棚の上に掛けられている。二階に上がると、板の間（梯子の降り口）があり、引付ノ間（引付座敷のことだろう）、この部屋には「机」がある。そしてベッドの置かれた部屋と四畳半がある。女が出かけていたわずか一時間ほどの間に、これだけのことを写し取っている。

荷風の眼差しは探偵と相同的なものであることは、さきにふれた。しかし、部屋の観相者としての荷風は、ルポルタージュや探偵小説とは別物の小説を生み出している。『濹東綺譚』のお雪の部屋の描写は次のようなものである。

「お父さん、あした抜かなくっちゃいけないっていうのよ。この歯。」と言って、主人の方へ開《あ》いた口を向ける。

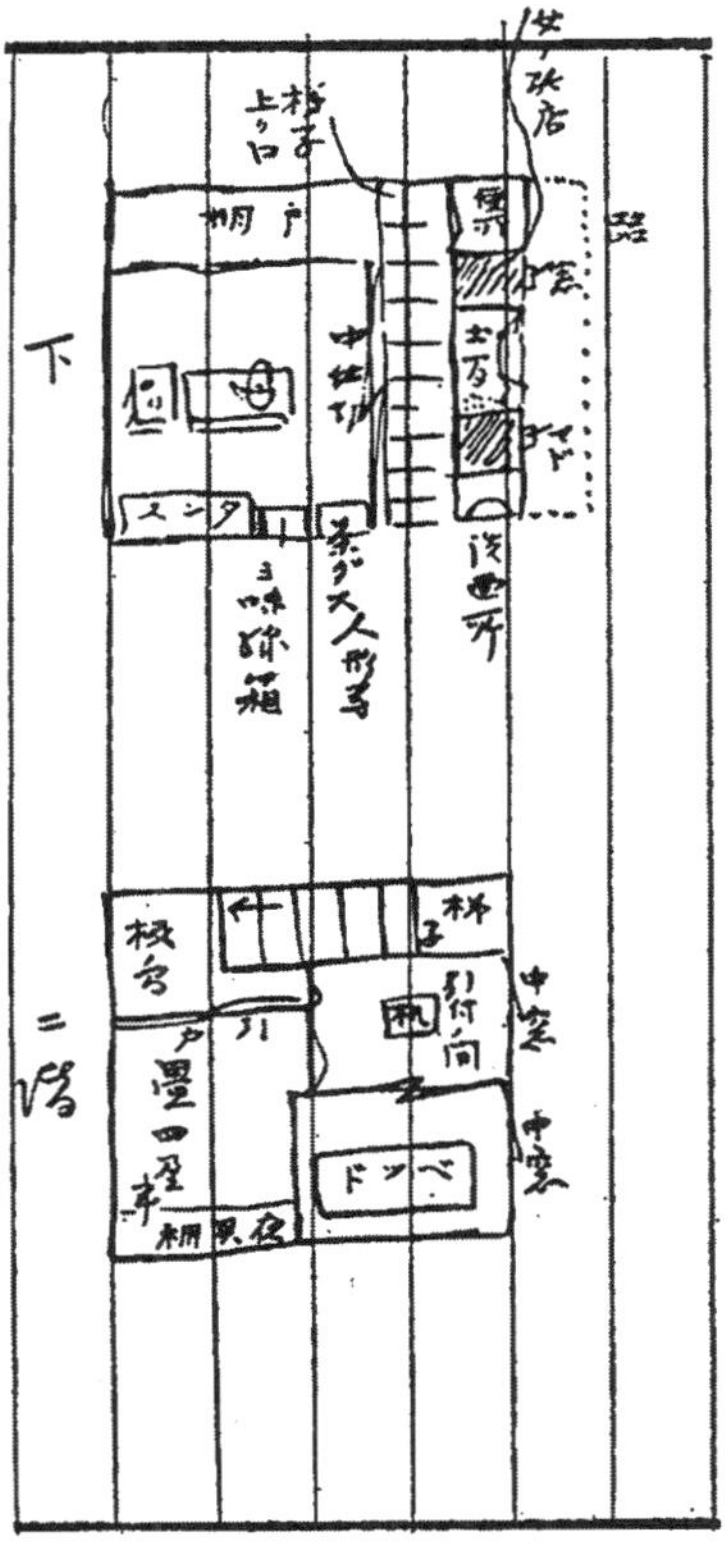

荷風が書き取った玉の井の女の住まいの間取り。（『断腸亭日乗日乗』第四巻，岩波書店，1980 年所収）

「じゃア、今夜は食べる物はいらなかったな。」と主人は立ちかけたが、わたくしはわざと見えるように金を出してお雪にわたし、一人先へ立って二階に上った。

二階は窓のある三畳の間に茶ぶ台を置き、次が六畳と四畳半の二間《ふたま》しかない。一体この家はもと一軒であったのを、表と裏と二軒に仕切ったらしく、下は茶の間の一室きりで台所も裏口もなく、二階は梯子《はしご》の降口からつづいて四畳半の壁も紙を張った薄い板一枚なので、裏どなりの物音や話声が手に取るようによく聞える。[33]

荷風が描き取った二階の「引きの間」は三畳で、「机」というのは「茶ぶ台」。そしてベッドの部屋が六畳、その隣が四畳半ということになる。また、下は「茶の間」一室だけということである。つまり、玉の井の女の部屋がそのまま「お雪」の部屋の構成に使われている。荷風は、描き取った玉の井の女の部屋の様子を、ほぼそのまま「お雪」の部屋とすることで、通常の住宅では考えられないような変わった部屋に生活する「お雪」という人物の造形を精緻なものとしている。

住まいとして成り立ちにくい台所のない家。部屋の様子は、洗面所には鈴のついたリボンの簾、茶棚の中には「沢庵漬《たくあんづけ》を山盛りにした小皿と、茶漬茶碗と、それからアルミの小鍋《こなべ》」。部屋にはたえまなくどぶ蚊。蚊帳、長火鉢。

十月二十五日、荷風は「濹東綺譚の草稿成る」「濹東綺譚脱稿」と記しており、翌日「草稿を添删す」「安藤氏に託《（ママ）》して寫眞機を購ふ 金壹百四圓也」[34]と書いている。安藤氏とは、服部正などの曲に作詩を行った安東英男のことである。安東はカメラに詳しかったといわれる。この時、荷風が手に入れたカメラは「ローライコード」[35]であった。また、荷風は私家版『濹東綺譚』を作っており、その口絵に使われた写真は、さきにふれた十一月九日、このカメラを使って撮影されたもののようだ[36]。

十月二十八日「拙稿濹東綺譚を朝日新聞夕刊紙上に掲載する事となす」とある。実際の掲載は翌年のことだ。私家版が作られたのは一九三七年四月。そして、朝日新聞の連載は、その後の四月十六日から六月十五日までである。

荷風はこの小説の終わりに「『濹東綺譚《ぼくとうきだん》』はここに筆を擱《お》くべきであろう」としたのち、余韻を残すかのように、わずかに文章を加えている。


建込んだ汚らしい家の屋根つづき。風雨《あらし》の来る前の重苦しい空に映る燈影を望みながら、お雪とわたくしとは真暗な二階の窓に倚《よ》って、互に汗ばむ手を取りながら、ただそれともなく謎のような事を言って語り合った時、突然閃《ひらめ》き落ちる稲妻に照らされたその横顔。それは今もなおありありと目に残って消去らずにいる[37]。

ラジオの音が流れてくる部屋

ところで、すでにふれたように、一九四五年三月十日、東京大空襲によって、偏奇館は焼失し、荷風は日記を入れた鞄ひとつで焼け出される。「嗚呼余は着のみ着のまゝ家も藏書もなき身とはなれるなり」と荷風は憔悴している。その十日の朝、荷風は「寒風に吹きさらされ路上に立ってバスの來るを待つこと半時間あまり、午前十時過漸くにして五叟の家に辿りつきぬ」と書いており、

「五叟の家」つまり、従兄弟の大島一雄の家に身を寄せる。「五叟の家」は東京、代々木にあった。
翌日三月十一日、荷風は次のように記している。

余の眠りし一室は離座敷にて道路にちかく往復する自動車省線電車の響のみならず通行人の話聲さへ枕邊にきこへ來りて、其の喧しさ堪難きばかりなれば、風甚寒けれど八時頃に起出でたり。

荷風は、喧しさを生理的に嫌っている。そして、この日の日記は次のように続く。

午後五叟の子二人再び偏奇館の灰をかくと出で行けり、（中略）五叟の子灰の中より掘り出せしものを示す、手にとりて見るに、曾て谷崎君贈るところの斷腸亭の印、楽焼の茶碗に先考の賞雨茅屋と題せしもの、又鷲津毅先生の日常手にせられし煙管なり、罹災の紀念此に如《し》くべきものなし、此の三品いづれもいさゝかの破損なきは奇なりと謂ふべし、代ゝ木に歸りてこの夜も一同と談話午前二時に至る。[38]

偏奇館の灰の中から見つけ出した、「三品」の中でも、谷崎潤一郎から送られた「斷腸亭の印」は、荷風にとっては感慨深いものであった。永井永光によれば「指で持つ部分に陰刻した文字があり『永井荷風先生／恵存／谷崎潤一郎敬贈』と三行。どういう石でできているのかわかりませんが、上端に狛犬の彫り物があります。この真っ黒な印鑑が出てきたことを、荷風はいちばん喜んでおりました(39)」と語っている。

印鑑という、わずかなものではあるけれど、それが谷崎から送られたものであること、そして、それがさまざまな記憶の糸口になっていたのだろう。ものが記憶にかかわる痕跡であることは、荷風にとっても例外ではない。その荷風は、『断腸亭日乗』を書き始める前後に、父親がつくった住まい、そしてやがて家具什器のすべてを売り払っている。売り払う家について荷風は、「嗚呼余は幾たびか此の舊宅をわが終焉の地と思定めしかど、遂に長く留まること能はず。悲しむべきことなり」と語っている。そして、自らつくり移り住んだ偏奇館が焼失する。したがってその灰の中から、見つけ出された印鑑には、とりわけ感じ入るものがあったのだろう。おそらく、印鑑は、荷風が原稿や手紙を書く机の近辺にあったはずだ。したがって、それは焼失した書斎という部屋の唯一の痕跡だったのではないだろうか。

翌一九四六年、大島一雄(五叟)が千葉県の市川市に転居する。荷風も市川の転居先に寄寓することになる。夏の季節、部屋が開け放たれているためだろう、ラジオの音が流れてくる。


「七月廿四日、晴、門外の樹蔭にラヂオを避く」

「七月廿五日、隣室のラヂオと炎暑との為に讀書執筆共になすこと能はず」

「八月初一(中略)鄰室のラヂオ今夜も亦騒然たり」

「八月初三、晴又陰、午前隣室のラヂオ既に騒然たり、頭痛堪難ければ出でゝ小川氏を訪ふ」

「八月初六、陰、早朝より家内のラヂオ轟然たり、午後出でゝ小岩町を歩む」

「八月十三日、晴、夜机に向はむとするに隣室のラヂオ喧騒を極む、苦痛に堪えず、門外に出るに明月松林の間に昇るを見る(40)」

永井永光はこの市川の住まいについて、次のように語っている。

玄関を入って左側の、離れのような八畳間が荷風の部屋になりました。家でいちばんいい部屋です。

玄関にはカギの手に板の間がありました。離れと母屋にそれぞれ入れます。玄関の右隣が台所で風呂場に続いています。玄関を入ると障子で仕切れる四畳半の部屋があって、荷風のいた離れの部屋も、玄関との間は障子で仕切ってありました。

（中略）私たちが暮らしていたのは、おもに奥の八畳、六畳、四畳半です(41)。

この市川の家は、永光の記憶では畳の部屋が四間しかない。そのひと間を荷風が使い、三間を、大島夫妻とその三人の子が使っていたことになる。すべては、壁ではなく障子や襖で仕切られているので、開けはなった夏にはやはり、ラジオの音が荷風の離れにまで流れてきたのだろう。

『濹東綺譚』では、主人公の大江匡が自分の部屋をあとにして街を遊歩するのは、ラジオの喧噪を逃れてのことだという設定になっている。

「ラディオの物音を避けるために、わたくしは毎年《まいとし》夏になると夕飯《ゆうめし》もそこそこに、或時は夕飯も外で食うように、六時を合図にして家を出ることにしている」(『濹東綺譚』)

ラジオを嫌っての遊歩中に、お雪に出会うことになる。市川の大島の家でも、荷風はラジオを嫌って部屋をあとにしている。大島の家での荷風の振る舞いは、大島の家族にとって好ましいものではなかった。

「荷風の部屋からは、濡れ縁で外に出られるようになっていました。荷風は、部屋から便所に行くために私たちの部屋の前を通るのがいやだったのでしょう。濡れ縁で放尿をしていました。母が後に、敷居が腐っていたと言っていました。荷風はよく畳の上を下駄や靴をはいたまま歩いていましたし、煮炊きを部屋の中でしていました。畳はコゲだらけでした[42]」

偏奇館では、四畳半の下女の部屋に万年床を敷き、電話帳を枕にしていた。部屋へのその無頓着ぶりが、五叟の離れではさらに酷いものとなっていた。

一九四八年、荷風は同じ市川に十八坪の家を三十二万円で購入し、転居する。さらに一九五七年三月二十七日、市川の他の住居に移る。「十一時過荷物自働車来り荷物を載せ八幡町新宅に至る[43]」三畳、四畳半、六畳だけの小さな住まいである。その二年後、荷風はこの小さな住まいの書斎兼居間兼寢室にしていた六畳の部屋で、誰にも看取られずに亡くなる。「孤独死」であった[44]。

注

(1) 永井荷風『断腸亭日乗』全七巻(岩波書店 一九八〇年〜一九八一年)
(2) 永井永光『父荷風』(白水社 二〇〇五年)

（3）永井永光『父荷風』
（4）永井荷風『断腸亭日乗』第一巻（岩波書店　一九八〇年）
（5）永井荷風『断腸亭日乗』第三巻（岩波書店　一九八〇年）
（6）永井荷風『断腸亭日乗』第五巻（岩波書店　一九八一年）
（7）永井永光『父荷風』
（8）、（9）秋庭太郎『考證永井荷風』（岩波書店　一九六六年）
（10）、（11）永井荷風『断腸亭日乗』第一巻
（12）秋庭太郎『考證永井荷風』
（13）、（14）永井荷風『断腸亭日乗』第六巻（岩波書店　一九八一年）
（15）永井荷風『断腸亭日乗』第三巻
（16）永井荷風『断腸亭日乗』第四巻（岩波書店　一九八〇年）
（17）、（18）、（19）、（20）永井荷風『断腸亭日乗』第二巻（岩波書店　一九八〇年）
（21）秋庭太郎『考證永井荷風』
（22）永井荷風『断腸亭日乗』第七巻（岩波書店　一九八一年）
（23）、（24）永井荷風『断腸亭日乗』第四巻
（25）柏木博『探偵小説の室内』（白水社　二〇一一年）
（26）ヴァルター・ベンヤミン『パサージュ論――Ⅲ都市の遊歩者』（今村仁司他訳　岩波書店　一九九四年）
（27）内田隆三『探偵小説の社会学』（岩波書店　二〇〇一年）
（28）ヴァルター・ベンヤミン「パリ――一九世紀の首都〔フランス語草稿〕」『パサージュ論――Ⅰパリの原風景』所収（今村仁司他訳　岩波書店　一九九三年）Walter Benjamin, PARIS, CAPTALE DU XIXe SIECLE, Editions Allia, 2003.
（29）、（30）ヴァルター・ベンヤミン『パサージュ論Ⅲ』

(31)、(32)、(34)　永井荷風『断腸亭日乗』第四巻
(33)　永井荷風『濹東綺譚』（岩波書店　二〇一一年、初版　一九三七年）
(35)、(36)　秋庭太郎『考證永井荷風』
(37)　永井荷風『濹東綺譚』
(38)　永井荷風『断腸亭日乗』第六巻
(39)　永井永光『父荷風』
(40)　永井荷風『断腸亭日乗』第六巻
(41)、(42)　永井永光『父荷風』
(43)　永井荷風『断腸亭日乗』第七巻
(44)　永井永光『父荷風』

花壇工作人のノート　宮沢賢治

賢治の日記・メモ

宮沢賢治は日記を残してはいないが、手帳とノートを残している。たとえば、もっともよく知られているものは、『雨ニモマケズ手帳』[1]と呼ばれているものだろう。

『新修宮沢賢治全集』（第十五巻）によれば、この手帳の使用時期は、一九三一（昭和六）年の上旬から年末か翌年初めまでと推定されている。賢治が三十四、五歳のときに使われた手帳である。肺炎による死の二年ほど前のことだ。黒いレザー（型紙）装の手帳とされている。百六十六ページあり、見返しのページにもメモがあり、さらに一枚、メモが添付されている。

一ページ目には、「是父母ノ意　僅ニ／充タン／ヲ／翼フ」「昭和六年九月廿日　父母ニ共ニ許サズ／癈軀ニ薬ヲ仰ギ／熱悩ニアヘギテ唯」「再ビ」「大都郊外ノ／煙ニマギレント／ネガヒ」「東京ニテ発熱」といった文字が見られる。なお「翼フ」は誤記で「冀フ」（コフ、あるいはコヒネガフと読むか）だろうとされている。農閑期に東京へ仕事にでかけ、そこで病に倒れたときのことだろう。

このページには、日付が入っているので、日記のようなものとしてメモが書かれたともいえる。

そのメモからは、すでに深刻なまでに健康を害していることが伝わってくる。また、「法華経」を写したページもある。しかし、全体としては、詩を記しているページがほとんどである。そして、五一ページ目に「雨ニモマケズ」の詩が記されている。そのことから、この手帳をのちに、『雨ニモマケズ手帳』と称することになった。

　この手帳以外にも、「MEMO」の文字が入っているので『MEMO印手帳』、あるいは銀行が配ったらしい『銀行日誌手帳』など、賢治の多くの手帳が残されている。そうした中の一冊に「MEMO FLORAノート」と呼ばれているものがある。左開き、したがって横書き用のノートである。その名称が示すように、賢治の園芸ノートとして使われていた。

伊藤光弥の労作『イーハトーヴの植物学』[2]には、賢治の手帳に残された植物や、彼がつくろうとしていた花壇（庭）についての丹念な分析がなされている。それによれば、「MEMO FLORAノート」は、一九二六（大正十五）年に使用し、間をあけて一九三〇（昭和五）年にも使用していたという。

　このノートの二十九ページには、きわめて断片的な文字と数字が並んでいる。このわずか一ページは、実は賢治の「六日間の日記」なのだと伊藤は解読している。その解読は、まるで推理小説のような謎解きになっており、実に見事なものである。このページには、さまざまな数字とともに、26から31までの数字が記されている。伊藤によれば、それは二十六日から三十一日にいたる「六日間の日記」に他ならない。

　しかし、月と年がわからない。伊藤は三十一日にまず注目する。三十一日のある月は、一月、三月、五月、七月、八月、十月、十二月になる。そして、同じページに記された「pansy」という文字から、パンジー（三色スミレ）の種子を蒔くのは、三月だと推理し、この日記は、三月二十六日から三月三十一日までの「六日間の日記」であると結論している。さらに、このノートの十八ページの下に「昭和五年35」の文字があることを見逃さず、伊藤は、一九三〇年、そして賢治の数え年の三十五歳を意味していると指摘している。したがって、この六日間とは、一九三〇年三月二十六日から三月三十一日の六日間であると結論づけている。

伊藤の指摘にしたがってこのページの文字を読むと、二十六日は「浴行」「bath」つまり風呂に入った。二十七日「汗」、二十八日「汗」つまり身体の熱による発汗だろう。二十八日には「播」の文字が見られるので、種蒔きをしたのだろうか。二十九日には「不起」、つまり伏せっていたのかもしれない。三十日、三十一日「起」とあるから、起きて、三十一日には「外出」したのだろう。

前年からの療養から病状がやや回復しながらもまだ、身体の発熱があるなかで、パンジーの種を蒔いたことを記した日記である。

さらにこのノートの三十一ページには、四月二日から七日、そして五月十日、十五日の日記が記されている。そこには、パンジー、ケシの種を蒔いたこと、苗床をつくったこと、ルピナスを掘り取ったことのメモがある。そして水仙、ダッチアイリスとあるからその球根を掘り起こしているのだろう。五月十五日は「ダリヤ植込」とある。

こうした記述からも、賢治はノートや手帳を日々、記憶にとどめるべきメモ、あるいは創作ノート、そして時として日記として使っていたということがわかる。

よく知られていることだが、こうした日記から賢治がいかに自然を愛し、とりわけ植物をめぐる季節（時間）の中に生きていたかということが伝わってくる。こうした多くの賢治の手帳には、実のところ、部屋についての記述はほとんどない。冒頭でふれた『雨ニモマケズ手帳』には、五十ページに「仏間」「居間」の間取り図が見られるが、それがどのような文脈をもって描かれたのかは、この手帳からはわからない。

他方、賢治のノートや手帳には、花の空間ともいうべき「花壇」に植える植物のメモや、その設計図をつくる前のエスキスが描き込まれている。とりわけ、「ＭＥＭＯ　ＦＬＯＲＡノート」や「ＭＥＭＯ　ＦＬＯＲＡ手帳」（一九一八〈大正七〉年六月と推定されている）などにそれが見られる。それらは、賢治の空間（世界・宇宙）を表すものだと言っていい。

花壇設計計画

「ＭＥＭＯ　ＦＬＯＲＡノート」には、ＮＯ.をつけた花壇の設計図のエスキスが描かれている。全部で、ナンバー一から八まである。それを見ておこう。

ナンバー一は、Ａ案とＢ案、そしてＣ案があり、さらにＡ案には（１）と（２）の案がある。まず、Ａ（１）案であるが、外側を正方形で囲い、さらにその内側にもうひとつの正方形をつくり、その中にグリッド状の交点に四×四つまり十六球の球根を植えるという図になっている。外側の正方形にも内側の正方形にも、引き出し線がありboardと指定している。中心の花壇を二枚の板で額縁状に囲むという意味だろうか。また、外側の正方形の中にはMarble Blocksという文字とともに、いくつかの球形の小石のようなものが描かれている。つまり、外側と内側の正方形の間の空間をマーブル（大理石）の塊（ブロック）で敷き詰めるという計画である。大理石の塊が額縁の役割をすることになる。

内側の正方形の中に、四月十日―四月二十五日とある。そしてグリッドの交点には白と黒の丸が印され、いわば白黒の市松が描かれている。白の丸（○）にヒヤシンス、黒の丸（●）に“Pienemann”“Moreno”etcとある。つまり、ヒヤシンスとPienemann（ピーネマン）あるいはMoreno（モレノ）などの球根を交互に植えるということだ。そして、その土の上には、引き出し線でbrick dust＋charcoal〔＆〕という指定が書き込まれている。粉砕した煉瓦や木炭その他を敷くということである。

四月二十五日という表記については、よくわからないが、伊藤によれば「ヒアシンスは四月二十五日に撤去する考え」だったのではないかという。

額縁を構成する大理石は「白」だろうか。その中に、粉砕した煉瓦や木炭その他でいわば地（背景）をつくり、そこにヒヤシンスとピーネマンあるいはモレノなどを市松に構成するという計画である。ピーネマン、モレノという植物がどういうものかわからない。ヒヤシンスはさまざまな種類があるが一般的なものであれば、紫色の花になる。煉瓦と木炭の色による比較的暗い色を地（背景）にしてグリッド状に構成された花が咲き、それが白い額縁で囲まれた状態になる。明快な空間構成だといえるだろう。

A（2）案は、やはり内側の正方形を外側の正方形が囲み額縁を構成している。内側の正方形の中には、やはり四つの点で正方形グリッドが構成され、四点に丸が印されている。そこに植物が入るのだろう。その正方形の中心に、さらにひとつ丸が印されているので、合計五つの植物になる。そして、その五つの植物を囲むように円形の縁取りが描かれている。植物名の記載はない。

B案は、六月一日―七月十五日の記述がある。この期間に作業をするということなのだろう。この案もまた、額縁の中に花壇がつくられるというものになっている。正方形の中に対角線をX状に構成し、その部分を黒く塗っている。Xにはさまれる三角形の部分にCarmine or redと指定があり、Xの部分にはdark redとある。カーマインは植物の寄生虫コチニールからとる深紅色。そのカーマインか赤の植物をという意味だろう。そして中心のXには暗赤色の植物。植物名としては、Sweet Williamとしている。スイート・ウイリアムは、アメリカ（美女）撫子のことで、いくつかの色があるが、暗赤色から紫のものがあるので、それを使うという計画なのだろう。この花壇は、実現すればトロピカルなイメージを持つものとなっただろう。

C案は、七月十五日―降霜期とある。夏から冬にむかってということだ。この花壇にも額縁がつけられている。額縁のスペースには何を入れるかのメモはない。花壇の中心には、額縁と平行する正方形とそれに四十五度で重なる正方形のそれぞれの角と真ん中に植物を入れる。さらにその外側に、額縁と平行する長方形とそれに直交する長方形の角に植物。中心の正方形の花壇の四角には、オレンジ色の花を咲かせる蔓性のナスタチウム（金蓮花）と指定がある。額縁に平行して位置する正方形の角に紫の葉のカンナ、そしてそれに四十五度で重なる正方形の角とその中心には、緑色の葉のカンナ。それらの正方形の外側にいわば十字に構成される長方形の角にコキア（ホウキギ）。コキアは、葉が球形の樹形をつくり、夏は緑、秋は紅葉する。花壇に植えられる花々の位置は、丸（○●）で印されているので、その交点を結んでみると、正方形や長方形で構成されていることがはっきりとわかる。

第一案の花壇の設計エスキスで、すでに賢治の「庭」の特性が見えてくる。

「石をたてん事、まづ大旨をこゝろふべき也。
一、地形により、池のすがたにしたがひて、よりくる所々に、風情をめぐらして、生得の山水をおもはへて、その所々はさこそありしかと、おもひよせ〳〵たつべきなり(3)」
という言葉ではじまる『作庭記』が記述した日本の伝統的な庭と、賢治の庭はまったく異なるものである。「生得の山水」を圧縮した風景を構成する日本の庭とはまったく異なる花を中心とした、きわめて人工的なグリッドを補助線に使った庭を賢治は計画していたのである。しかしそれは、モダニズムの庭を構成した重森三玲の庭とも異なる。重森の代表作である東福寺の庭の中でも、「市松の庭」はその名称のとおり、幾何学的な市松のグリッド構成をとっている。この庭は、一九三九（昭和十四）年に重森がデザインした東福寺の一連の庭の一つである。賢治の死と六年のズレがあるが、ほぼ同じ時代に実現された庭である。

これはまったくの偶然なのだけれど、さまざまな庭をデザインした重森は、宮沢賢治と同じ一八九六（明治二十九）年の生まれで、まったく同じ時代を生きた作庭家であった。しかし、ふたりは同じように幾何学的なプランをとりながらも、それぞれの庭のデザインにはまったく重なるところがない。重森が伝統的な『作庭記』を批判的に対象化しつつもそれを原点としているのに対し、賢治にはいささかも『作庭記』などへの興味が見られないことによっている。そしてもちろん、『作庭記』による日本の庭のデザインの近代的解釈などにも興味はなかった。

日本の伝統的な庭のデザインとは異なる、賢治の庭（花壇）の特性をさらに検討していこう。

標本箱のイマジネーション

すでに述べたように「MEMO FLORAノート」には、ナンバー一から八までの、八つの花壇計画が記録されている。そのうちのナンバー一を見てきた。

ナンバー二は、煉瓦あるいは木材で囲った長方形の花壇である。spring（春）」という記述がある。植物は五列で、互い違いに整然と並べられる。一列に六本の植物の列と七本の植物の列が互い違いになる。植物は、Honey muscali が例として記述されている。伊藤によればこれは「羽根《ハネ》ムスカリ」の誤記かもしれないという(4)。

この整然と並べられた植物には、植物名を入れたT字形のセルロイド製のラベルを付けるとメモされている。たとえば Bacchus etc. と名称を入れる。また、「どちらかといえば（rather）科学的（scientific）に埋める方式」と記されている。

名称のラベルをつけ、科学的にという指示があり、見た目にも、まるで標本箱のようである。賢治の計画したナンバー一から八までの花壇の中では、もっとも特徴のないもののように見える。

たとえば、ナンバー五の「Tearful eye」（涙にあふれた目）という幻想的な表題をつけられた花壇では、その表題どおり、眼が構成されている。したがって、この花壇については、多くの人たちが注目してきた。また、その設計図のエスキスをもとに、自分の庭に、この花壇を実現している人もいる。こうした花壇にくらべれば、標本箱のようなナンバー二はいかにも、何の工夫もないかのように思える。けれども、標本箱のようなデザインは、いわば「知の表記」であり、百科全書にもつながる博物学的な表象性を秘めている。

昆虫や鉱物の標本と同様、植物の標本もまた、博物学的な知とともに形態学的な知と結びついている。それらは、自然科学的な分類によっているとともに、視覚的な形態の系譜を含んでいる。賢治の想像力は、こうした博物学的知と形態学的知にかかわっていたといえるだろう。それは、博物学的イメージの広がり、そして形態学的イメージの広がりへとつながっていく。

標本箱は、知の体系にしたがってものを配置し、陳列あるいは展示する空間である。賢治が「どちらかといえば科学的に埋める方式」で、とメモを入れたナンバー二の花壇も、そうした空間として実現されるものであった。

ここで、ふと想起されるのは、美術館でのわたくし自身の個人的な体験である。あらゆる博物館や美術館もまた、巨大なショー・ケースあるいは標本箱のようなものだといえるだろう。美しい美術館は、世界中に数多く存在する。そうした中のひとつに、二〇〇七年にケルンに完成した「聖コロンバ教会ケルン大司教区美術館」をあげることができる。

この美術館のコレクションは、一八五三年に設立された「ケルン大司教区美術館振興協会」によるキリスト教美術の収集を基礎にしている。一九七〇年代に、地下からローマ時代や中世の遺構が見つかった。それらを組み込むような形で、新しい美術館として、「聖コロンバ教会ケルン大司教区美術館」が完成した。設計、デザインはスイスのピーター・ズントー。白い外壁といい、内部空間といい、細部にまで目がいきとどいたデザインで、ほとんど手作りといった方がいいだろう。

全体で、大小二十二の展示室（箱）がある。その部屋は心地良い空間だ。小部屋（小展示室）などは、人が入れる標本箱のようでもある。展示品は、これまで収集されてきた古いキリスト教美術に加えて、現代美術が併存している。

二〇一〇年に展示されていた現代美術のひとつに、「標本箱」を使った作品があった。ドイツの美術家フェリックス・ドレーゼの「Der Grafenberg, 1971/72」という作品である。この作品は、ドレーゼが精神病のクリニックで仕事をしていた期間につくられたもので、患者と彼の膨大な数のドローイングや絵画とともに、薬品のパッケージ、病院の衣服、新聞、雑誌、個人的なノートやレポートなどから構成されている。それらのものが、標本箱の中に収められて、テーブルの上に置かれている。

この作品を見て、「標本箱」という均質化された箱のデザインの強さを再認識した。まるで、蝶や甲虫などの昆虫の標本と同じように、標本箱の中に陳列されることで、ノートや録音テープ、そして雑誌や薬品のパッケージが、博物学的な意味を付与された物質として見えてくるのである。

マルセル・デュシャン以来、ジョセフ・コーネルなど、少なからぬ美術家たちが「箱」を使った作品を制作している。箱は「部屋」（キャビネット）と同様、内面の表象となる。賢治が計画したナンバー二の花壇は、煉瓦あるいは木枠で囲われた「標本箱」になるはずだった。それは、賢治の博物学的知が生み出すイメージ世界の一部である。

愛らしい洋風の花壇

ナンバー三の花壇は、全体が半円形、蒲鉾型に計画されている。暗緑色のフォリージュ（群葉）で外形を構成する。その内側には、ナスタチウム十株を蒲鉾型に配置。さらにその内側にコキア・トリコフィラを九株、蒲鉾型に配置する。そして中央部に六株の小型のカンナをやはり蒲鉾型に配置する。

そして季節に関する指示を書き込んでいる。四月は、ムスカリあるいはハニー・ムスカリ。七月ジプソフィラ（かすみ草）。八月から降霜期は、サルビア、アマランサス（なおトリコロール、サンライズの併記がある）、そしてペチュニア、その下に「as the diagram shows」とメモがある。これらの植物を図表が示すように、という指示か。全体の半円形には、それを描くためのコンパスの中心点も印されている。じっと見ていると、この半円形が自動車の速度メーターなど、機械類の表示板のようにも見えてくる。

ナンバー四は、三角形あるいは扇形の外形に構成されている。四分の一の円といったほうがいいかもしれない。L字の直線の面が、建物のL字のくぼみに収まるように構成したのだろう。四月二五日、五月十五日と指定している。外形はハニー・ムスカリで囲み、その内側は煉瓦で組む。煉瓦の組み方の指定があり、その図によれば、煉瓦を斜めに埋め込んで組むようになっている。また、花壇の外形の外側は芝をはっている。L字の空間にはチューリップ（赤）と指示されている。L字の中の空間は、二つに分けられており、ひとつは小さな扇型がはめ込まれ、その外側にできる空間は全体の扇形の弧の形状を構成している。それらのスペースにはムスカリかチューリップ（黄色）あるいは暗褐色と書かれている。これらのスペースの外形を仕切るのは石灰、石炭、灰となっている。

ナンバー一の花壇にもそうした傾向が少し感じられるのだが、この花壇は、図像としてみると、中世のイギリスにはじまる「ノット・ガーデン」（「結び花壇」幾何学模様の花壇）や、十九世紀の「カーペット・ベッディング」（カーペット花壇）を想起させる。ノット・ガーデンは、十七世紀頃まで、ヨーロッパの国々では人気のあるデザインだった。また、カーペット花壇は、十九世紀のドイツのプリンス・ピュクラー（ヘルマン・フォン・ピュクラー・ムスカウ）が流行させたことで知られるスタイルで、比較的丈の低い植物で図形を描きカーペットのように広がる花壇である。カーペット花壇は、二十世紀に入ってもつくられた(5)。

ノット・ガーデンにしてもカーペット花壇にしても、日本の伝統的な庭には見られないものであった。すでにふれたように、重森三玲の市松に構成した東福寺の庭は、日本の伝統的な庭のデザインに対する、近代的な視点からの解釈であった。しかし、同じように幾何学的な構成をとった賢治の庭（花壇）は、そうしたモダニズムではない。賢治の花壇は、ノット・ガーデンやカーペット花壇を想起させるような、たとえていえば、愛らしい小さな洋風の住まいに似ていなくもない。実際、それらの花壇は小さな洋風住宅のための庭としてふさわしくもあるだろう。

『雨ニモマケズ手帳』には法華経が写されている。実際、賢治が仏教に惹かれていたことはすでによく知られるところである。ところが、彼の花壇（庭）に表現されているものは、日本の寺の庭のデザインとはいささかもかかわらないものである。賢治は、ナンバー二の花壇で博物学的なイメージの空間を見せているが、他方では、愛らしい洋風の花壇を描いていた。とはいえ、いずれの花壇であれ、それらは手つかずの自然を理念的に変化させるという意味をふくんでいる。このことは、後ほど検討してみたい。

涙にあふれた眼

さて、ナンバー五の花壇は、さきに少しふれた幻想的な表題「Tearful eye」（涙にあふれた目）という花壇である。
一九三〇年ごろに使われたと考えられている『「文語詩編」ノート』の三ページには、「うるみたる兎の赤き眼」と記されている。他方、伊藤光弥は、この「Tearful eye」（涙にあふれた目）という花壇についての記述の中で、一九一五（大正四）年の賢治の短歌を引用している。

ゆがみうつり
馬のひとみにうるむかも
五月の丘にひらくる戸口

こうした短歌から、伊藤は、「Tearful eye」（涙にあふれた目）は、「外山牧場などで見た子馬の瞳からヒントを得たのかもしれない」と述べている。[6] その指摘のとおりかもしれない。また、『文語詩編ノート』で、「うるみたる兎の赤き眼」と記していることから想像すると、「うるむ眼」「涙ぐむ眼」に対して賢治は、特別な感情をもっていたのだろう。
涙ぐむ眼は、ほかにも見られる。賢治の作品を代表するこのうえなく美しい物語『銀河鉄道の夜』(7)には主人公のジョバンニのたびたび涙ぐむ場面が描かれている。父親が漁に出たまま音沙汰もなく、病弱な母を気づかい、学校から帰ると活版印刷所で植字の仕事をして貧しい家計を支える少年のジョバンニ。まずは、物語の始まりの場面である。日々の生活の中で、疲れ果てているジョバンニは、学校の授業に集中できない。そのことに気づいた先生は、ジョバンニに声をかける。

「このぼんやりと白い銀河を大きないい望遠鏡で見ますと、もうたくさんの小さな星に見えるのです。ジョバンニさんそうでしょう」
ジョバンニはまっかになってうなずきました。けれどもいつかジョバンニの目のなかには涙がいっぱいになりました。

ジョバンニは、病いにある母のために牛乳をお店にもらいに行ったのだけれど、すぐには牛乳が用意してもらえない。「もう少したってから来てください」といわれ、ジョバンニは、丘に行って、どうやら眠ってしまったらしく、夢の中で「銀河鉄道」に乗って銀河へとむかう。それは闇のなかに輝く宇宙への旅である。しかし、その旅は黄泉の世界への旅を暗示している。この旅の場面では「あの聞きなれた三〇六番の讃美歌《さんびか》のふしが聞えてきました」と語る。「賛美歌三〇六番」(現在三二

○番）は、知られているように「主よ身許に近づかん」という歌詞にはじまる、葬送の時に歌われる賛美歌である。それは、貧しいジョバンニにいつも優しく気づかいする友のカムパネルラの死を暗示していた。
そのカムパネルラが、ともに黄泉の国に行くことになるらしい少女と楽しげに話をしていることに、ジョバンニは悲しくなる。

（ああほんとうにどこまでもどこまでも僕といっしょに行くひとはないだろうか。カムパネルラだってあんな女の子とおもしろそうに話しているし、僕はほんとうにつらいなあ。）

ジョバンニの目はまた涙でいっぱいになり、天の川もまるで遠くへ行ったようにぼんやり白く見えるだけでした。

そして、カムパネルラが黄泉の国に行くことを暗示する場面では、カムパネルラが涙する。

ジョバンニは、ああ、と深く息しました。

「カムパネルラ、また僕たち二人きりになったねえ、どこまでもどこまでもいっしょに行こう。僕はもう、あのさそりのようにほんとうにみんなの幸いのためならば僕のからだなんか、百ぺん灼《や》いてもかまわない。」

「うん、僕だってそうだ。」カムパネルラの目にはきれいな涙がうかんでいました。

結局、ジョバンニは、銀河鉄道の宇宙の旅の夢からさめる。

　ジョバンニは目をひらきました。もとの丘の草の中に、つかれてねむっていたのでした。胸はなんだかおかしく熱《ほて》り、頬《ほお》にはつめたい涙がながれていました。

「Tearful eye」（涙にあふれた目）は、その表題どおり眼をかたどった花壇である。まず、中心にある瞳孔である。これは暗い色のパンジーと指定している。それを取り巻く虹彩はブラキコメ（インディゴ）、和名はヒメコスモス。丈の短いコスモスである。そしていわゆる白目の部分はブラキコメ（白）と指示がある。涙腺と目尻には「Water vase」（水盤）とあり、nymphus（手書きで解読しにくいが、ニンフスと読める）を入れるとある。ニンフであれば妖精だが、その名称の植物はわからない。フランス語では nymphéa と綴ると睡蓮の意味になる。水盤の中に睡蓮であればさほど無理はない。睫も描かれているのだけれど、植物の指示は書かれていない。
　賢治は、眼という具象的な図像の花壇をも計画していた。童話のようなイメージの花壇である。賢治は、こうした物語性のある楽しげな花壇をも構想したのである。
　堀尾青史は『年譜宮澤賢治伝』[8]の中で、「賢治は、荒涼とした岩手の準平原をゆたかなみのりとともに花でうずめたいとのぞむ。それこそ、四方はかがやく風景画となり、岩手はイーハトーヴとなるのだ」と述べている。また、賢治が花壇をつくる場面を次のようにも記述している。

——四月のある日、家のうら口からいつものように微笑しながら入ってきて「きょうは花壇を造りましょう」と、そのへんにあった鍬でたちまち小松をぬき庭土を平らにしてしまいました。あんまり変りようが早いのでみんなあっけにとられていると「おなをさんはつめ草をもってきてください。堀田さんは煉瓦を、深田さんは小ぬかを一俵」というふうにす早く用をいいつけ、「私は花の苗をもってきます」といって十分もたたないうちに両手いっぱいたくさん苗をもってきました。それから土にぬかを混合し、表土に区画をつけ、完全に花壇をこしらえると、例のつばのひろい帽子をかぶって「またまいります」とていねいにおじぎをしていってしまいました。お茶ものまずに。

やがてこの庭には、ヒマワリが左手に三本、バックの板べいにはいもづるがはいめぐり、前には白と桃色のコスモス、まん中にはシオン、それから浦島がずらりと前の方にならび、四すみに

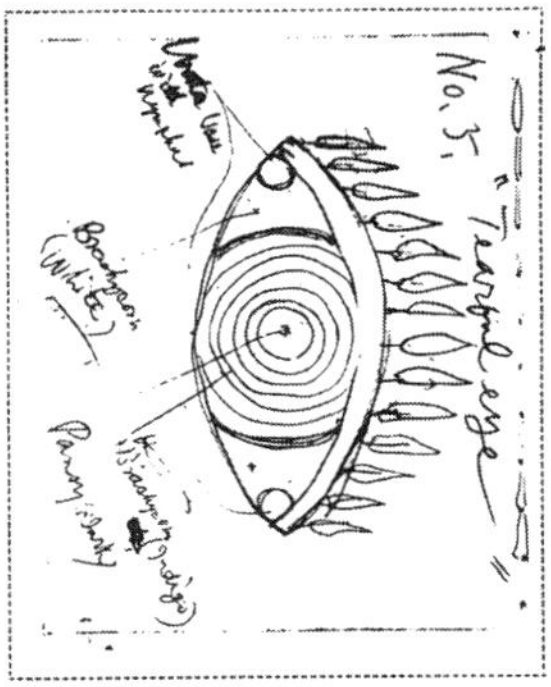

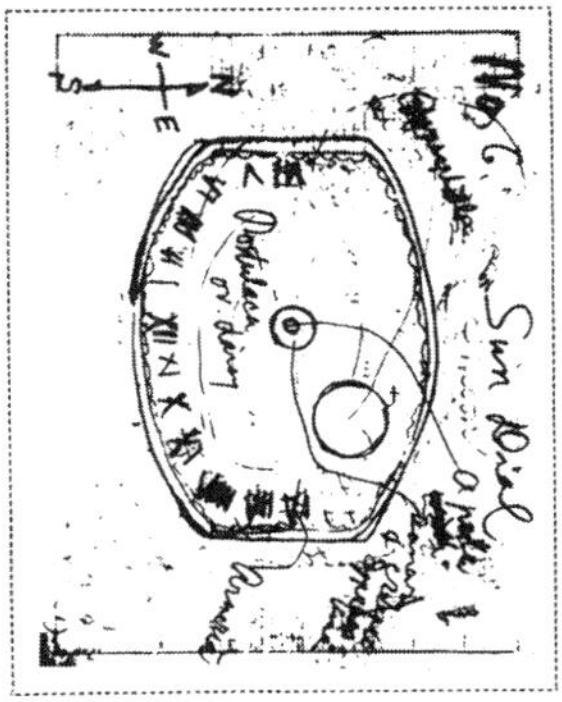

花壇計画 No. 6 案「涙にあふれた目」（上）と「日時計」（下）（『新修　宮沢賢治全集』第五巻　筑摩書房，1987 年所収）

はマーガレットというふうにすばらしい庭になりました。家のものは「やあすばらしい庭になった」と感心しては、くる人にじまんをして見せたものです。——

この記述のすぐあとに、「涙あふれる眼」の花壇についても堀尾はふれている。賢治が洋風の花壇を知り合いの家で、あっというまにつくってしまったことがうかがわれる。そして、その花壇（庭）は「やあすばらしい庭になった」と、受け入れられた。愛らしい洋風の花壇が素敵な庭として理解されたのだろう。

太陽と月の時計

ナンバー六の花壇はサン・ダイアル（日時計）である。外形は、腕時計のケースのデザインで、「トノー」（樽 tonneau）と呼ばれるものがあるが、それに似ている。樽の形状である。文字盤（ダイアル）は、ポーチュラカかデージー（ヒナギク）でうめる。ポーチュラカは、陽当たりのよいあぜ道などに見られるスベリヒユに似た植物で、ハナスベリヒユあるいはマツバボタンとも呼ばれる。土の上を這うように広がるので、文字盤に使おうとしたのだろう。

ローマ数字の目盛りは、アルメリアで表すと指示がある。中心にポールを建て、ツタ植物（creeper）のカナリー・クリーパーとやはりツタ植物（vine）のサイプレス・ヴァインとをポールに絡ませる計画になっている。カナリー・クリーパーは、カナリー・バード・フラワーとも呼ばれ、カナリアのような黄色い花をつける。サイプレス・ヴァインはルコウ草とも呼ばれる、ヒルガオの仲間である。

ローマ数字の表記には、『新修宮沢賢治全集』の註でも、伊藤光弥もまた指摘しているところだが、「Ⅳ」とすべきところを「Ⅵ」と誤記している。同様に、「Ⅸ」とすべきところを「Ⅺ」と誤記している。さらに、この設計図のエスキスの左端に方角が指示してあるのだが、方位が北向きに描かれているので、これも誤記で「南」向きということだろう。

『新修宮沢賢治全集』の註には、「全面にわたって、消しゴムによる消しあとがある」と記されている。実際「Sun Dial」という文字の下に消えかかった「& Moon」の文字が読める。このことは、伊藤光弥も指摘している。「太陽と月」ということで考えてみれば、天空を想像させる。また、宇宙を感じさせる。さらには賢治の童話を思わせもする。

花の「日時計」だけでなく、「月時計」が本当に可能なのであれば、花のダイアルがほの白い月の光に照らされて浮かび上がり、美しいことだろう。

幾何学花壇と水場の花壇

ナンバー七の花壇は、やはりノット・ガーデンのように幾何学的に構成されている。全体の形状は、ノット・ガーデンの本来の特徴でもある正方形である。その正方形の中心に、四十五度回転させた小さな正方形を置く。その小さな正方形を囲んで、相似形の不等辺四角形が四つ配置される。四つの不等辺四角形のそれぞれの頂点ちかくに、黒い丸（●）が印されており、杉の木と指示がある。そして、Cut as such（このように刈り込む）と書かれている。中心の正方形には、ティー・

ローズとある。バラの一種でお茶に似た香りがあるので、ティー・ローズというのだろう。そばには、cut as low table と指示があるので、低いテーブルのように刈り込むのだろう。この指示の下に、四角い箱の絵が添えられているので、そのような形状にするということだと思われる。

不等辺四角形のスペースには、いくつかの植物が指定されている。「春」には、クロッカスかヒヤシンス、あるいはチューリップ。

「夏と秋」はポーチュラカ(黄色)と指定がある。

ナンバー八の花壇は、円形と長四角が並べて描かれている。円形には Well と書かれており、井戸か泉だろう。水場である。その隣りにつくられる花壇の造作についての細かい指示はなく、花壇に入れる植物の指定があるのみだ。左上から右下にむかって書かれている。クロッカス、Cilla (Scilla シラ、ツルボのことかもしれない)、ローマン・ヒヤシンス、Ornithogarum (ornithogalum オーニソガラムか)、ムスカリ、そしてハニー・ムスカリ、Duffodil (daffodil 水仙か)、(オーニソガラム)、チューリップ、ダッチアイリス。

植物の時間

一九二六年三月末日、宮沢賢治は、花巻農学校を依願退職し、下根子桜の宮沢家の別宅を改造して自給自足の生活をはじめる。八月には、この家を使った私塾「羅須地人協会」をつくった。昼間は、畑仕事などをし、夜は農民に稲作法、科学、農民芸術概論を講義した。(9) また、ここでは、種苗交換売買などが行われた。

「羅須地人協会の種苗交換売買には、花の種子がもちろんふくまれている。ドイツ、フランス、イギリスあたりから種子をとりよせて試植したことは、それだけでも人をおどろかせたが、当時珍しかった紫と白のふちの花キャベツやトマトをこの土地で栽培したのも賢治である」(10)

羅須地人協会での講義内容の主要なものは、「羅須地人協会関係稿」(11)に見ることができる。その中に「花壇設計」がある。そこには、花壇の設計図がふくまれている。この設計図は、「冨手一に与えられたもの」と、「羅須地人協会関係稿」の註にある。冨手は、稗貫農学校（花巻農業学校）の卒業生で、一九二七（昭和二）年、盛岡電気工業会社に入社し、一九三八（昭和十三）年まで社員として花巻温泉に勤務していた。伊藤によれば、賢治は、花巻温泉の遊園地開発にともなう花壇設計を依頼され、冨手を助手にした。その時の花壇設計図は、「羅須地人協会関係稿」に収められた冨手に与えられたという設計図と同じものになっている。

ともあれ、「花壇設計」についても、賢治は、羅須地人協会で講義していた。そのために作られたのだろう「花卉植付・開花期一覧表」が資料として入れられている。そこには、クロッカス、ヒヤシンス、チューリップ、スイートピー、菊など二十七種の花が一覧としてあげられている。たとえば、クロッカスであれば、球根の植え付けは八月半ば以降十二月までがラインで示されている。そして開花時期は、三月から四月となっている。また、アネモネ球根植え付けは九月半ばから十二月、そして開花は四月半ばから後半。岩手県の気候を前提にしているだろうから、その植え付けと開花時期は、地域によっては異なるだろう。

植物を扱うには、当然のことながら、いわば「植物の時間」ともいうべき時間割を知る必要がある。

賢治の花壇設計図には、植え付け、あるいは開花の時期が指示されているものが少なくない。ナンバー七の場合は、「春」「夏と秋」となっているが、ナンバー一では、月日まで記入されている。賢治が、いわば通常の日常的時間つまり社会的な時間とともに、「植物の時間」を生きていたことがわかる。産業社会に埋め込まれるように生活しているわたしたちは、勤務時間やら通勤の時間といった日常的なつまり社会的な時間の中に割り付けられている。しかし、賢治のように植物とともに日々を送る人々は、植物の生命変化の時間をも、ともにしているのだろう。

さらにいえば、単なる「日時計」ではなく、そんなものが可能かどうかわからない「太陽と月の時計」を構想した賢治は、「天文の時間」「宇宙の時間」を生きていたのかもしれない。「太陽と月の時計」は同時に「植物の時計」でもある。

花壇工作者

すでに見たように、賢治の庭は、寺に見られるようなものではない。ノット・ガーデンやカーペット花壇を想起させるあるいは、「涙にあふれた眼」のような身体の一部を描いている。賢治の花壇は、愛らしい小さな洋風の住まいに似ていなくもない。実際、それらの花壇は小さな洋風住宅のための庭としてふさわしくもあるだろう、ということを述べた。しかし、同時に、賢治が庭（花壇）を工作することには、あらゆる庭がそうであるように、手つかずの自然を人工的なものへと変えるという思考がふくまれている。

ヴォルフガング・タイヒェルトは、「庭は外見的にはしばしば擬人化して、つまり人間の体のように形づくられる」「庭が人間の形をしているのは、決して偶然ではない。つまり、造園家自身がその心的かつ精神的な内実を庭の設計と育成に移入するのである(13)」と指摘している。したがって、身体の一部を描写的に構成した「涙にあふれた眼」が賢治の心的なものが外在化されていると考えることは、そう不自然なことではない。すでにふれたように、賢治が、詩や『銀河鉄道の夜』などの物語でたびたび「涙にあふれた眼」を描いていることとも、それは関連しているだろう。賢治が「悲しみ」や「涙」に特別な感情や思考を持っていたと考えることもできる。

また庭は、手つかずの自然を徹頭徹尾、一方的に人工化しているわけではない。植物は、相変わらず自然の摂理のなかで生命を営んでいる。庭と人間とのこうした関係は、しばしば教育的な視点に結びつく。簡単にいえば、自然の生命体である人間を、教育によってよりよい生き方の方法を与える（育成する）ことと、自然の植物を育成することの間にあるアナロジーがそこに働くからである。そうしたアナロジーはまた、容易に宗教的なものへと接続される。「キリストさえ庭師と混同され、あまつさえ十六世紀の木版画に庭師として登場している」「キリストが彼を信ずる者たちの魂を『庭仕事』さながらに育むという観念が(14)」そこには脈打っているのだとタイヒェルトは記述している。賢治が花壇をつくることには、おそらく自然に対するそうした心象があったのではないだろうか。彼が、羅須地人協会を設立し、農民たちに知識を与えようとしていたこととそれは無縁ではないようにも思える。

カーペット花壇を流行させたのは、ドイツのヘルマン・フォン・ピュクラー・ムスカウ（一七八五〜一八七一)であったことは、さきにふれたが、庭園マニアのゲーテ(ヨハン・ヴォルフガング・フォン・ゲーテ)が規範としたのはムスカウの庭であった。

ゲーテは、森の中で小さな花をみつけ、それを手折ることなく、掘り起こし、「わがよき家の庭に運んだ」という詩を書いている。このことについて、タイヒェルトは次のように解釈する。「ゲーテは、当の植物を掘りだしたあとで、その種を生きのこらせるために、庭へ運ぶのである。彼の生に寄せる愛は、彼の知的な好奇心よりも強い。彼は自然よりも庭の方をよしとしてはいるが、しかし花を家の花瓶には入れない。したがって、庭は、生けるものを別の生命のまっただ中で生かそうとする場所を意味している(15)」

さらに、タイヒェルトは、アルバート・シュバイツァーの信仰告白を引きながら、「植物と共にある庭は(しかしまた動物とともにある公園や森も)、私たちと同じく、みずからも授かっている同一の生の神秘的な流れに与っている類たちに宿を貸すのである。それは期限つきの生である。私たちはこの一時期の過客である(16)」と述べている。

わたしたちは、自然との関係を結びながらも、「過客」の庭師でしかない。それ以上には自然の所有者や支配者にはなることは許されない。花壇工作者の賢治もそうしたことを十分に認識していたはずである。

近所の子どもたちにばかにされ笑われ「デクノボウ」と見られていた虔十が、生涯でたった一度だけ母に頼んだことは「お母《があ》、おらさ杉《すぎ》苗七百本買って呉《け》ろ(17)」であった。虔十が裏の野原に植えたその杉は、虔十がチフスで死んだあとも、林になって子どもたちを喜ばせることになる。賢治は

『虔十公園林』で、デクノボウが植えた植物（自然）が、デクノボウの過客（庭師）の介入を越えたところで生きていく悲しく美しい場面を描く。

庭（花壇）をつくるということは、いわば混沌（カオス）とした自然に手を入れることによって、それを宇宙（コスモス）へと変容させることにほかならない。この創造のモデルについて、ミルチャ・エリアーデは「一切の創造にはその手本として、神々による宇宙の創造がある[18]」と見る。また、「空間が均質でないという宗教的経験は、一つの原初的体験を表わすものであって、われわれはこれを〈世界の創建〉と同一視してよかろう[19]」ともいう。

花壇は、境界をつくる作業である。それは、宗教的なコスモスの意味を持たなくとも、手つかずの混沌（カオス）を断絶し境界をつくり、小さくともシンボルとしての「楽園」を生み出す作業でもある。賢治のノート、手帳はそうした小さな「楽園」のイメージにあふれている。

賢治が勤めた稗貫農学校（花巻農業学校）の校舎の跡地に、花巻共立病院（佐藤隆房院長）が建設され、賢治はその花壇をつくりに行った。短編『花壇工作』は、その花壇づくりの半日のことを書いたものである[20]。賢治の花壇づくりの作業が描かれている。

おれは設計図など持って行かなかった。

それは書くのが面倒なのと、もひとつは現場ですぐ工作をする誰《たれ》かの式を気取ったのと、さう二っつがおれを仕事着のまゝ支那《しな》の将軍のやうにその病院の二つの棟にはさまれた緑いろした中庭にテープを持って立たせたのだ。草取りに来てゐた人も院長の車夫もレントゲンの助手もみな面白がって手伝ひに来た。そこでたちまち箱を割って拵《こしら》へた小さな白い杭《くひ》もでき、はうたいをとった残りの晒《さら》しの縁のまっ白な毬《まり》も出て来た。そこでおれは美しい正方形のつめくさの絨氈《じゆうたん》の上で夕方までいろいろ踊るといふのはどうだ、あんな単調で暑苦しい蔬菜《そさい》畑の仕事にくらべていくら楽しいかしれないと考へた。それにこゝには観《み》る人がゐた。北の二階建の方では見知りの町の人たちや富沢先生だ富沢先生だとか云《い》って囁《ささや》き合ってゐる村の人たち、南の診察室や手術室のある棟には十三歳の聖女テレジアといった風の見習ひの看護婦たちが行ったり来たりしてゐたし、それにおれはおれの創造力に充分な自信があった。けだし音楽を図形に直すことは自由であるし、おれはそこへ花で Beethoven の Fantasy を描くこともできる。さう考へた。

ベートーベンのファンタジーと同じほどのものを花壇で描くことができると考える。そしてその花壇を即興的に構成していく。その楽しそうな花壇工作の作業が描かれている。しかし、この短編の後半は、院長のよけいな口出しで、この即興的な「楽園」のシンボルである花壇の工作は行き詰まってしまう。「この愉快な創造の数時間をめちゃめちゃに壊した」院長たち。しかしそんなことに過敏に反応する自らに対して、「あんまり過鋭な感応体おれを撲《なぐ》ってやりたいと思った」と、この短編は結ばれるのである。

注

（1） 宮沢賢治『新修宮沢賢治全集』第十五巻（筑摩書房 一九八七年、初版一九八〇年以下、宮沢賢治の

手帳、ノート類については、すべてこれによる）
（2）伊藤光弥『イーハトーヴの植物学——花壇に秘められた宮沢賢治の生涯』（洋々社　二〇〇一年）
（3）『作庭記』（林屋辰三郎校注、岩波書店〈リキエスタ〉の会　二〇〇一年）
（4）伊藤光弥、前掲書
（5）THE GARDEN ORNAMENT SOURCEBOOK: over 1000 classic garden details, Edited by Elizabeth Wilkinson and Marjorie Henderson, CASSELL, 1992.
（6）伊藤光弥、前掲書
（7）宮沢賢治『銀河鉄道の夜』（新潮社　一九七五年）
（8）堀尾青史『年譜宮澤賢治伝』（中央公論社　一九九一年）
（9）、（10）堀尾青史、前掲書
（11）宮沢賢治『新修宮沢賢治全集』第十五巻所収
（12）堀尾青史、前掲書
（13）、（14）、（15）、（16）ヴォルフガング・タイヒェルト『象徴としての庭園』（岩田行一訳　青土社　一九九六年）
（17）宮澤賢治「虔十《けんじふ》公園林《りん》」『校本　宮澤賢治全集』第九巻所収（筑摩書房　一九七六年、初版一九七四年）
（18）、（19）ミルチャ・エリアーデ『聖と俗——宗教的なるものの本質について』（風間敏夫訳　法政大学出版局　一九七一年、初版一九六九年）
（20）宮沢賢治「花壇工作」『新修宮沢賢治全集』第十四巻所収（筑摩書房　一九八二年、初版一九八〇年）

部屋が欲しい　石川啄木

ローマ字日記

明治期に書かれた日記としてよく知られているもののひとつに、石川啄木の『ローマ字日記』[1]がある。現在、わたしたちは『ローマ字日記』と呼び慣わしているけれど、もともとの表記は『NIKKI』である。一九〇九（明治四十二）年、四月七日から六月十六日まで、そして一九一一年十月二十八日から三十一日までの日々が綴られている。また、別の日記帳に、ローマ字で書かれた一九〇九年四月三日から六日までの四日間のものがある。

一九〇八（明治四十一）年、啄木は、三度目の東京での生活（そしてこれが最後の東京生活になるわけだが）を始める。本郷菊坂の赤心館、盛岡中学校の先輩だった金田一京助の住まいに転がり込むように同居する。そして、この年の九月六日、金田一とともに、森川町新坂の蓋平館別荘に住まいを移す。すべて、金田一の献身的なまでの優しい、友情によっていた。

『ローマ字日記』は、その蓋平館別荘で書き始められ、六月十五日に蓋平館を出て、宮崎大四郎（郁雨）からの送金と金田一の保証によって、本郷の弓町の「アライという床屋」（「喜之床」新井こう方）の二階に引っ越し、翌十六日、上野駅に妻の節子、母カツ、そして娘の京子を金田一に伴われて迎えに行くところで終わっている。

その日記の内容は、文学者となることをめざし東京に再びやって来て、経済的に逼迫し、先行きの見えないなかで、読む者の気持ちを騒がせ、突き刺さるほどの悲しみに満ちた放蕩、そして結核によって健康を蝕まれていく予兆が記されている。

啄木が日記をローマ字で記述したことは、よく指摘されているように妻に読ませたくなかったからということだけによっているわけではなさそうだ。

ついでながら、妻に読ませたくないということで書かれた日記としては、十七世紀のイギリスの蔵書家そして海軍大臣であったサミュエル・ピープスのものがよく知られている。フランス語、イタリア語、スペイン語、ラテン語、ギリシャ語、ドイツ語を英語に混ぜ込んで記述された日記である。この日記が完全に解読され出版されたのは、一九七〇年から七六年にかけてのことだ。三世紀後のことである。ピープスの日記は、妻もふくめて他人には読ませたくなかったのだろう。

啄木のローマ字は、明治期に広がった国字改造のうごきと、少なからず連動していたはずだ。その運動には、ローマ字表記、かな表記、あるいは独自の文字を構想するといった意見があった。そうした中で、ローマ字表記を提案した谷田部良吉や外山正一たちは、一八八五（明治十八）年「羅馬字会」という団体をつくった。『ローマ字日記』の解説で、桑原武夫は、啄木を北村透谷とともに、日本語改造を真剣に考えていた先覚者と述べている。

啄木は、盛岡中学校を退学した年の一九〇二（明治三十五）年十月三十日から日記を書き始める。

啄木満十六歳の時である。そして、間断はあるが、一九一二（明治四十五）年二月二十日まで、つまり、同年四月十三日に満二十六歳で死にいたる二か月ほど前まで、十年間書き継がれた。したがって、『ローマ字日記』は、啄木の日記の中のごく短い期間のものだ。

ところで、日記に表現された「部屋」ということでいうなら、啄木ほど安定した「部屋」を手に入れることができずに、赤貧ゆえにかりそめの住まいを移り住んだ作家は、さほど多くはないだろう。その日記には、住まい、「部屋」がどれほど啄木の精神性に影響を与えていたかを読むことができる。また、啄木が実のところ、どれほど自分の「部屋」を持ちたかったかが、日記から伝わってくる。

東京――八畳の部屋

満十六歳で盛岡中学校を退学した啄木は、以後、東京小石川、岩手渋民、東京本郷、東京牛込、盛岡、函館、岩手渋民、函館、札幌、小樽、釧路、そして再び東京、満二十六歳の生涯を終えるまでに転々と住まいを変えている。東京での生活は、文学者への望をかけてのものだが、東北、北海道での暮らしは、一家を支える生活のためであった。

一九〇二年、十月三十日に啄木の日記は始まる。(2) 翌日東京にむけて盛岡を立って十一月一日、上野に着き小石川に行き、盛岡中学の先輩であった細越夏村（詩人）の家に泊まる。翌日の二日から、東京小石川の大館光方に止宿することになる。これは、細越の世話によっていたのだろう。啄木が東京での生活で、あるいはこの時に細越をたより、のちに金田一に頼ったことにみられるように、地方から人々が集まってくる東京という都市では、故郷の学校の繋がりが、共同体的な役割を果たしていたことがわかる。

「室は床の間つきの七畳。南と西に椽あり。眺望大に良し。／夏村兄に伴はれて机、本箱等種々買物す。故家への手紙認む。／友かへり夜静かにして旅愁あはたゞしう我心を襲ひぬ。あゝ我は永遠に目覚めたり」と啄木はこの日の日記を記している。「部屋」についての詳細な記述はない。十六歳の青年にとっては、経済的にも余裕があろうはずもなく、家具調度に趣味を持つこともできなかったろう。「床の間つきの七畳」（床の間を入れて八畳ということだろう）に、新しい机と本箱を置いただけでも、出て来たばかりの東京に、自らの独立した空間（部屋＝居場所）を持ったことのうれしさが、このわずかばかりの文章から感じられる。窓からの「眺望大に良し」と満足している。

三日後の十一月五日には、與謝野鉄幹に数多くの歌を送っている。その後もながく、啄木は與謝野晶子を訪ねており、「姉」のような存在として日記に記している。

しかし、翌一九〇三（明治三十六）年、啄木は父に伴われて盛岡に帰る。この年の日記は残されていない。翌一九〇四（明治三十七）年、啄木は「啄木庵日誌」として日記をつけている。書き出しは、「一月中（澁民荘にて）」とあり、渋民での生活であったことがわかるが、どのような住まいに生活していたのかは記述がない。二月には、節子《セツ》と婚約している。そして十月三十一日に、処女詩集刊行の目的で再度、東京にむかう。まずは、本郷弥生町の村井方に下宿するが、十一月八日に神田駿河台の養精館に転居する。さらにはすぐに牛込の井田芳太郎方に移っている。この東京での生活については、日記に記されていない。しかし、これほどの転居を繰り返していたということは、おそらく経済的な理由であったろう。したがって、部屋をしつらえるような余裕などほとんどなかったはずだ。

この年の十二月の末に、曹洞宗の住職をしていた父石川一禎が宗費を滞納したため曹洞宗宗務局から住職罷免の処分となる。滞納額は百十三円ほど。その多くは、啄木の東京での生活にあてられたのだろうとされている。父の住職罷免によって、啄木一家の経済は、ますます逼迫していくことになる。

結論を急げば、啄木は、安住の住まい、部屋を得ることができなかった。自己の存在にかかわる落ちついた部屋を持つことができなかったことが、また、啄木のつねに波打つような安定しない精神とかかわっている。もちろん、それを若者の精神生活に特有なこととみることもできるかもしれないが、むしろ、安定した部屋を持つことができなかったことの方が、不安定で少なからず破綻した啄木の生き方と深くかかわっているといえるだろう。

『ローマ字日記』にも鮮明に綴られているように啄木の不安定な放蕩生活に、わたしたち（わたし）の気分がざわつき、不安感を抱くのは、わたしたちの中にある「保守性」によっている。「保守性」は、人間をふくめてあらゆる動物に潜在的に埋め込まれた感覚である。それは、生存への保守性と深くかかわっているからだ。啄木の不安定さが、充たされた「部屋」を持たなかったことにかかわるとすれば、「部屋」とは、根源においてわたしたちの「保守性」とかかわっている。啄木が持ち得なかった「部屋」ということが、そのことをはっきりと認識させてくれる。

一九〇五（明治三十八）年の日記も、少なくとも『石川啄木集』には、残されていない。この年、啄木は節子と結婚し、六月四日、新妻と父母と妹光子とともに五人で、盛岡市帷子小路の四畳半、八畳の二間の借家に入る。二十五日、盛岡市中津川河畔の借家に転居する。玄関二畳、四畳、四畳半、六畳、八畳と、帷子の住まいよりも条件は良い。しかし、この住まいについての記述も日記にはない。

机——六畳ひと間の部屋

一九〇六（明治三十九）年、経済的困窮により一家はばらばらになっていく。盛岡市中津川河畔の住まいをはなれて三月四日、妻セツ（節子）と母をつれて渋民村にもどる。この年の日記は「澁民日記」として、三月四日からはじまる。

九ケ月間の杜陵生活は昨日に終りを告げて、なつかしき故山澁民村に於ける我が新生涯はこの日から始まる。
澁民は、家並百戸にも満たぬ、極く不便な、共に詩を談ずる友の殆んど無い、自然の風致の優れた外には何一つ取柄の無い野人の巣で、みちのくの廣野の中の一寒村である。我が一家此度の轉居は、企てた洋行の、旅券も下付に成らぬうちから、中止せねばならぬ運命に立至つた事や、田舎で徴兵検査を受けたい爲や、又生活の苦闘の中に長く家族を忍ばしめる事の堪へられなかつた爲や、閑地に隠れて存分筆をとりたかつた爲や、種々の原因のある事であるが、新住地として何故にこの僻陬を撰んだか。それは一言にして盡きる。曰く、澁民は我が故郷——幾萬方里のこの地球の上で最も自分と關係深い故郷であるからだ。「故郷」の一語に含む甘美比ひなき魔力が、今迄、長く、深く、強く、常に自分の心の磁石を司配して居たからだ。

「澁民は、家並百戸にも滿たぬ、極く不便な、共に詩を談ずる友の殆んど無い、自然の風致の優れた外には何一つ取柄の無い野人の巣で、みちのくの廣野の中の一寒村である」という、その渋民に啄木はもどった。中学を中退し、東京での生活が経済的に破綻し、安定した住まいを持つことのかなわない状況の中で、啄木にとって故郷「渋民」は、心を落ちつかせる「場」だった。日記は「部屋」の様子をも記述している。


母とせつ子と三人、午前七時四十分盛岡發下り列車に投じて、好摩駅に下車。凍てついて横辷りする雪路を一里。街の東側の、南端から十軒目、齋藤方表坐敷が乃ち此の我が家が一家當分の住居なので。

不取敢机を据ゑたのは六疊間。疊も黒い、障子の紙も黒い、壁は土塗りのまゝで、云ふ迄もなく幾十年の煤の色。例には洩れぬ農家の特色で、目に毒な程焚火の煙りが漲つて居る。この一室は、我が書齋で、又三人の寝室、食堂、應接室、すべてを兼ぬるのである。ああ都人士は知るまい、かゝる不滿足の中の滿足の深い味を。

取片付けや何やかや、有耶無耶の中に日は暮れた。晩餐には知人數名、祝のしるしの盃も四合瓶一本の古酒で事足りた。

夜、これでとう〳〵漜民へ來たのかと思ふと、何かしら變な感じがした。安心した様な、氣がぬけた様な……。枕についてから、今朝好摩からの途中、巡禮の六部に逢つて、姉の死んだのを思ひ出し、銅片を喜捨して立ち乍ら祈禱して貰つた時の心地を思出して、何となく心穏やかに眠についた。


三月四日といえば、東北の寒村ではまだ凍てつくような冷たさが残っている。雪道で滑る足下に注意しながら約四キロを、妻と母と三人で歩く。たどりついた家は、どうやら六畳ひと間の古家。いかにも哀れで寂しい。「不満足の中の満足の深い味」とも「安心した様な、気がぬけた様な……」とも啄木は述べている。どちらも啄木の偽りない気持ちをあらわしている。

黒くなった古畳と古障子に土塗りの壁の六畳間。啄木はそれが「我が書斎」であるという。また、それが三人の寝室であり食堂であり、応接室でもある。この「一室」がすべてなのだが、それが「我が書斎」たりえるのは、「不取敢置いた机」によっている。したがって、この泣きたくなるほどの侘びしい部屋にあって、啄木にとって重要なものは「机」である。

書斎にあって、もっとも重要な役割を持つものは「机」だ。椅子だけでは書斎にならない。畳の部屋では椅子も必要ない。どこにでも座ることができる。読み書きをする装置である机は、思考するためにも大きな効果を持つ。ちなみに、椅子に座るのでも座敷にすわるのでもよいのだけれど、目の前に机の無い状況を想像してみればいい。読み書きや思考に机の存在がいかに影響を与えているかがわかる。

さらにいえば、机が置かれると、部屋は机の所有者の空間になる。「部屋」では、まずは「机」こそが住まい主の存在を物質として位置づける。啄木の六畳ひと間の貧しい住まいは、啄木の机が置かれることで、その部屋は啄木が主となる。この六畳は、家族三人の生活の場ではあるが、啄木の空間であり、妻と母はそこに共存するという関係になる。

本題からそれるが、住まいの中では、家族全員が自分の机を持つことで、家族が等しく自分の場を持つことになる。したがって、家族全員が机を持つことが好ましい。また、大きな一つの机を家族全員で共有して使うということでもいい。歴史的に、とりわけ明治以降の近代において、男性が書斎（机）を持とうとしてきた。それは、いわば男性優位の部屋への意識であったといえるだろう。ともあれ、貧しい六畳ひと間においても、机を置くことで、啄木は自分の「場」を確保したのである。そこで彼は「不満足の中の満足」をしたのだ。

六日後の三月十日、「無事。夜、室内の壁に壁紙を貼る」と啄木は記している。煤に汚れた部屋を少しでも居心地の良いものにしようとしていることがうかがえる。住まい（部屋）に手を入れる啄木は、生きることへの力を失っていない。三月十二日、次のように書いている。


天下太平。日本無事。六疊の一室に三人も雜居しては、何もかく氣に成れない。妹から金の請求狀が來た。客のない日とては無いが、ツマラヌ話ばツかり。こんな風では頭が貧乏になるではないか。イヤ〱、今月中だけはこれで仕方がない。小兒らが毎日來るのは一番愉快だ。

今日から綿入を脫いだ。みちのくの三月、雪が一尺もある國で、袷に襦袢で平氣なのは、自分と凶荒に苦しむ窮民のみであらう。そのためでもあるまいが、この夜、政府が窮民に賣る一食一錢六厘の軍用パンを小兒らに買はして喰つて見た。

妻も母も外に仕事があるわけではなく、外出することもなく、三人が六畳ひと間にいるのだろう。原稿を書くことに集中できず、「何もかく気になれない」という。小学校の子どもたちが遊びに来るらしく、それが気晴らしになる。最低限の生存に必要な食糧「軍用パン」を試してみる。

翌月四月、啄木は澁民尋常高等小学校尋常科の代用教員となる。翌年の四月一日子どもたちを「殘らずひきうけて人にせねばならぬ教育家の責任は……」と書いている。一九〇六年の年末に長女京子が生まれる。

京子の出生届けは、年が明けて、一九〇七（明治四十）年一月五日に、村役場に出されている。ただし「元日午前六時出生の事に」と日記にはある。

一九〇七年の一月三日の日記には、京子という名を、妻のセツと一緒に撰んだとある。『京』の字、みやびにして優しく美しし。我が友花明金田一君は京助といふ名なり。この友の性と心と、常に我が懐かしむ處なれば、その字一つを採るもいはれ無き事にあらじ」とも書いている。生涯、啄木を支え続けた金田一京助の「京」の字でもあった。啄木二十二歳を迎える年である。啄木の死の五年前のことだ。

ついでながら、十歳年下の宮沢賢治が花巻の尋常高等小学校四年生のときである。賢治は、その二年後、啄木が中退した盛岡中学に入学している。盛岡中学時代に賢治が短歌を作りはじめたのは啄木からの影響があったのではないかともいわれるが、接点はない。啄木は二十六歳で去っている。そして賢治は満三十八歳で去っている。ふたりとも夭逝である。同郷のこのふたりは、それぞれなんと違った生き方をしたものだろうか。

流転する部屋――北海道

一九〇七年の元日、「起き出でて、机邊を浄め、顔を洗ひ、約翰傳をよむ、門松立てず、〆縄飾らざれど、いぶせき我が家にも春は入りぬとおぼし」とある。門松も注連飾りもないが、元日をむかえて簡単に身支度を整えている。自らの唯一の居場所である「机」も整える。また、「ヨハネ伝」を読んだとある。

続いて「楽しく朝餉の食卓に就く。大根汁に鹽鱒一キレ。お雑煮などいふ贅澤は我家に無し。話題は多く生れし子の上にあり」と書いている。つましい正月の食卓でも楽しく、「生れし子」の父親になった喜びが伝わってくる。

この年の四月一日、代用教員として務めていた尋常高等小学校に辞表を「校長の手許まで出した」とある。十九日に生徒を引率し、「平田野の松原」において、校長排斥のストライキを行う。その結果、二十日に校長は転任、そして啄木は二十二日に免職となっている。

五月四日、「十二時頃、我が夜の物を質に入れて五金をえつ。懐中九圓七十錢なり。家には一厘もなし。これ予と妹との旅費也。乏しき旅費也。（中略）予立たば、母は武道の米田氏方に一室を借りて移るべく、妻子は盛岡に行くべし。父は野邊地にあり。小妹は予と共に北海に入り、小樽の姉が許に身を寄せむとす」と記している。

経済的困窮によって、いわば一家離散である。母は知り合いの武道家の家に身を寄せる。妻子は盛岡の実家に託した。啄木と妹光子は翌五日、函館に到着する。啄木は、前年に文学の同人が結成した「苜蓿社《ぼくしゅくしゃ》」のメンバーにむかえられ、同人の松岡蕗堂（政之助）の青柳町の下宿に身を寄せる。苜蓿社もまた、松岡蕗堂の下宿に置かれていた。同人誌『紅苜蓿《べにまごやし》』の編集にかかわりながら、松岡の仲介だとおもわれるが、函館商業会議所の臨時職員になった。以後、啄木は住まい（部屋）を次々流転していくことになる。それをたどっていこう。

苜蓿社は「青柳町四十五番地なる細き路次の中、両側皆同じ様なる長屋の左側奥より二軒目にて、和賀といふ一小學校教師が宅の二階八疊間一つなり、これ松岡政之助君が大井正枝君といふ面白き青年と共に自炊する所」（九月六日記）

ここでも、啄木は自室を持つことなく、八畳ひと間に三人で生活することになる。この部屋の様子はほとんど日記には現れない。

「床の間に様々の書籍あれど一つとしてよく讀みたりと見ゆるはなかりき、後に知りたる並木君と共に、この人も亦書を一種の装飾に用うる人なり」（九月六日記）と、啄木が寄寓した松岡の部屋を書いている。六月には函館区立弥生尋常小学校の代用教員となっており、七月には家族を函館に呼び寄せる。

「七月七日節子と京子は玄海丸にのりて來れり、此日青柳町十八番地石館借家のラノ四號に新居を構へ、友人八名の助力によりて兎も角も家らしく取片づけたり、予は復一家の主人となれり」

（九月六日記）
妻子を函館に呼び、松岡の下宿を出て、新居を持っている。さらに八月四日、父母を呼び寄せ、引っ越しをする。
「老母と共に野邊地を立ち青森より石狩丸にのりて午后四時無事歸函したり、これより先き、ラノ四號に居る事一週にして同番地なるむノ八號に移りき、これこの室の窓の東に向ひて甚だ明るく且つ家賃三圓九十錢にして甚だ安かりしによる、これより我が函館に於ける新家庭は漸やく賑かになれり、京ちゃんは日增に生長したり、越て數日小樽なりし妹光子は脚氣轉地のため來れり、一家五人」（九月六日記）
しかし、ここでもやはり啄木は自分の部屋を持てないままである。
「家庭は賑はしくなりたれどもそのため予は殆んど何事をも成す能はざりき、六疊二間の家は狭し、天才は孤獨を好む、予も自分一人の室なくては物かく事も出來ぬなり、只此夏予は生れて初めて水泳を習ひたり、大森濱の海水浴は誠に愉快なりき」（九月六日記）
渋民の六畳ひと間の生活よりは、二間になっただけでもよいのだろうが、啄木は「自分一人の室なく」、原稿を書くことができないという。二間に小さな京子をふくめて一家五人がひしめく部屋の閉塞感のあるなかで、広々とした屋外の海水浴がそんな気分をまぎらわしたのだろう。
八月二十五日、函館は大火になり、啄木の二間の住まいは焼失を免れるが、代用教員をしていた小学校の名簿も焼失してしまう。九月に啄木は小学校を退職し、札幌を経由して小樽に行く。九月二十七日、小樽日報での仕事をはじめる。十月二日に新たな住まいに妻子を呼び寄せる。

「花園町十四西澤善太郎方に移轉したり。室は二階の六疊と四疊半の二間にて思ひしよりよき室なり。ランプ、火鉢など買物し來れば雨ふり出でぬ、妹をば姉の許に殘しおきて母上とせつ子と京と四人なり」
ここでもたった二間の部屋である。さらに十一月六日「花園町畑十四番地に八疊二間の一家を借りて移る」とあるが、部屋の様子についての記述はない。
十二月十二日「小林寅吉と爭論し、腕力を揮はる。退社を決し、澤田君を訪ふて語る」とある。小林事務長と争論し、暴力をふるわれて小樽日報を退社することになる。争論の詳細は日記には書かれていない。年が明けて一九〇八（明治四十一）年の正月一日、次のように綴っている。

起きたのは七時頃であつたらうか。門松も立てなければ、注連飾もしない。薩張正月らしくないが、お雜煮だけは家内一緒に喰べた。正月らしくないから、正月らしい顔した者もない。廿三歳の正月を、北海道の小樽の、花園町畑十四番地の借家で、然も職を失うて、屠蘇一合買ふ餘裕も無いと云ふ、頗る正月らしくない有樣で迎へようとは、抑々如何な唐變木の編んだ運命記に書かれてあつた事やら。此日は昨日に比して怎やら肩の重荷を下した樣な、果敢ない乍らも安らかな心地のする中に、これといふ取止もない、樣々な事が混雜した、云ふに云はれない變な氣持であつた。實に變な氣持であつた。

前の年も、六畳ひと間で門松も注連飾りもない正月をむかえているが、「いぶせき我が家にも春は入りぬとおぼし」と述べている。この年もまた、ほとんど同じ様な正月だが、失職して、困窮しているが「安らかな心地」「変な気持」というほかないという。同じ貧困のままではあるけれど、前の年のような「我が家にも春は入りぬ」というすがすがしさはない。しかし、職場での争論のすえ失職したが「肩の重荷を下した」。結局のところ、相変わらず狭い部屋で正月を迎えたということだ。

本郷・赤心館での部屋

一九〇八年、一月二十一日、釧路新聞に職を得て、啄木は家族を小樽に残したまま釧路に行く。二十三日に新しい住まいに移っている。
「洲崎町一丁目なる關下宿屋に移つた。二階の八疊間、よい部屋ではあるが、火鉢一つ抱いての寒さは、何とも云へぬ」とこの日の日記に書いている。函館、小樽、釧路と点々と移動する啄木には、もうこれといった自前の家具などもなかったのだろう。「火鉢一つ」で、吹き抜けるような寒さの中にいる。
しかし、二月になると、「宿酔」の字が日記に出てくる。「起きてせつ子と母の手紙を見た。社に行つて珍らしくも、小樽に居る野口雨情君の手紙に接した。今日は編輯局裡深く宿酔の氣に閉されて、これといふ珍談もない」（二月十七日）
野口雨情は、小樽日報で啄木とともに仕事をした仲であった。困窮にある妻と母からの手紙を受け取りながら、啄木はこのころから芸者遊びを繰り返していることが日記にうかがえる。家族は、それどころではない生活苦にあるはずなのに、遊蕩にむかう。日記を読んでいても、そちらにむかって行ってはいけないという気持ちが読む者にはせり上がってくるのだが、啄木の遊蕩は、晩年の東京生活でも繰り返されることになる。いかにも、悲しげである。

また、他方では再び東京に行き、文学者として生きたいという気分も押さえがたくなっていった。三月二十八日の日記には、次のようにある。

「今日も休む。今日からは改めて不平病。（中略）自分の心は決した。啄木釧路を去るべし、正に去るべし」

すでに、釧路を去ることを決めている。そして、同じ日の日記には、芸者の「小奴」が啄木の東京行きを引き止めに来たとある。

「話はしめやかであつた。奴は色々と心を砕いて、予の決心をひるがへさせようと努めて呉れた。〝去る人はよいかも知れぬが、殘る者が……〟と云つた。一月でもよいから居てくれと云つた」

翌二十九日は小奴を訪ねる、「六疊間、衣桁やら、簞笥やら茶棚やら長火鉢やら、小ヂンマリとした一室に、小机の上には何日ぞや持つて來た梅川の薔薇の花が飾つてあつた」。そして、小奴は「いろいろと無邪気な事や身の上の悲しい話などを」したという。この日の夜、「宿に帰つて、床にもぐり込んで、何をするでも無い、唯洋燈の火を見つめたまゝ、打沈んで半夜を過した。死といふ事が、怎やら左程困難な事ではない様な氣がする」と日記を閉めている。

行き当たりばったりのその日暮らし、そして寒々とした孤独な部屋でぼんやりとした死を想像してみる。

三月三十日、「目をさましたのは九時頃だつたが、頭が鍋を冠つた様で、冷たい、冷たい室の中に唯一人取殘された様な心地がする。女中の顔までが獣の様に見える。天井の隙から屋根の穴の見えるのが、運命と云ふ冷酷な奴が自分の寝相を覗いてる様だ。何とも云へぬ厭な心持である」と書いており、どうやら心身ともに疲れ果てている様子である。

結局、啄木は函館に行き、そこから東京にむかうことにする。東京にいくにあたっては、啄木を生涯にわたって支え続けた宮崎郁雨（大四郎）に、多くを助けられている。生涯献身的に啄木を支えたのは、金田一京助とこの宮崎郁雨である。郁雨は、翌年に啄木の妻節子の妹ふき子と結婚している。

「十時起床。湯に行って來て、東京行の話が纏まる。自分は、初め東京行を相談しようと思って函館へ來た。來て、そして云ひ出しかねて居た。今朝、それが却って郁雨君の口から持出されたので、異議のあらう譯が無い。家族を函館へ置いて郁雨兄に頼んで、二三ケ月の間、自分は獨身のつもりで都門に創作的生活の基礎を築かうといふのだ」（四月九日）

四月二十八日には新橋に着き、東京千駄ヶ谷の新詩社に與謝野鉄幹を訪ねる。啄木の三度目の、そして最後の東京生活である。この日の日記には、與謝野の書斎（部屋）についての記述が見られる。

お馴染みの四疊半の書齋は、机も本箱も火鉢も座布團も、三年前と變りはなかったが、八尾七瀬と名づけられた當年二歳の双兒の增えた事と、主人與謝野氏の餘程年老って居る事と、三人の女中の二人迄新らしい顔であつたのが目についた。本箱には格別新らしい本が無い。生活に餘裕のない爲だと氣がつく。與謝野氏の着物は、龜甲形の、大嶋絣とかいふ、馬鹿にあらい模様で、且つ裾の下から襦袢が二寸も出て居た。同じく不似合な羽織と共に、古着屋の店に曝されたものらしい。

一つ少なからず驚かされたのは、電燈のついて居る事だ。月一圓で、却つて經濟だからと主人は説明したが、然しこれは怎しても此四疊半中の人と物と趣味とに不調和であった。

與謝野鉄幹の四畳半の部屋（書斎）が変わっていなかったことに、啄木はほっとしたのかもしれない。しかし、本棚に並んだ書物や鉄幹の身なりから、経済的余裕がないことを見抜いている。そして、電灯がこの「四畳半の中の人と物と趣味とに不調和」だと見ている。部屋の「不調和」は、鉄幹の詩の不調和を映し出しているのだと啄木は見る。「此不調和は軈て此人の詩に現はれて居ると思つた」と述べ、さらにはいつまでたっても、「調和する期があるまいと感じた」と厳しい批評をしている。啄木は、鉄幹にたびたび自らの詩を送っているが、むしろ姉のように感じていたという晶子の方に才能を見ていたのだろう。部屋の不調和から鉄幹の詩の不調和を読む啄木の眼差しは、まさに観相学的なものといえる。

四月二十九日、啄木は本郷菊坂の赤心館の金田一京助を訪ね、そのまま金田一の部屋に泊まる。翌三十日「九時近く目をさます。金田一君の室。凡てに優しき此人の自然主義論は興をひいた」。この日、再び千駄ヶ谷の與謝野のところに啄木はもどっている。

五月三日、赤心館の「二階に室があいたといふので、明日から此處に下宿する事に相談」。

五月四日「千駄ケ谷を辭して、綠の雨の中をこの本郷菊坂町八十二、赤心館に引き越した。室の掃除が出来てないといふので今夜だけ金田一君の室に泊まる。枕についてから故郷の話が出て、茨嶋の秋草の花と蟲の音の事を云ひ出したが、何とも云へない心地になつて、涙が落ちた。螢の女の事を語つて眠る」。

金田一京助は、この前年の一九〇七年に、東京帝国大学の文科大学言語学科を卒業しており、啄木が転がり込んだ一九〇八年には海城中学校の教員をしていた。したがって、経済的にはある程度、安定していたと思われる。

翌日、啄木は空いていた二階へ移る。


起きて二階に移る。机も椅子も金田一君の情、桐の箪笥は宿のもの。六疊間で、窓をひらけば、手も届く許りの所に、青竹の數株と公孫樹の若樹。淺い綠の色の心地よさ。

晴れた日で、見あぐる初夏の空の暢やかに、云ふに云はれぬ嬉しさを覺えた。殆んど一日金田一君と話す。

本田君、奥村君、向井君、小嶋君、宮崎君、せつ子へ葉書。岩崎君へ〝綠の都の第一信〟を書いた。

京に入つて初めて一人寝た。〝自分の室〟に寝た。安々と夢路に入る。

六畳ひと間ではあるけれど、久しぶりに「自分の室」を持ったことに、啄木の気持ちはいかにも伸びやかである。「部屋」がどれほど啄木に大きな力となっているかがわかる。金田一が用意してくれたとはいえ、机と椅子という自分の家具も部屋に収まっている。落ち着く場（部屋）を持ち、やっと友人や妻節子に葉書を書く余裕も出る。「〃自分の室〃に寝た」は、いかにも安堵のひとことだろう。

以後、精力的に原稿を書き、鷗外に出版社の紹介などを頼んだり、鉄幹の厚意で、新詩社の短歌添削の会「金星會」を主宰したりする。しかし、相変わらず経済的な生活難からは抜け出すことはできない。部屋を持ったことの安堵はほんのわずかな間のことであった。

「悄然として歸つて來ると、室の中が妙に味氣なく見える。モウ何も賣る物も質に入れるものもない。くすんだ顔をして椅子に凭れてゐると、一封の郵書。それは金星會の歌稿。添删料が一割増で三錢切手十一枚入つてゐた。うれしかつた。これを嬉しがる程の自分の境遇かと思ふと悲しかつた」（七月二十四日）

赤心館の自分の部屋を持ってから二か月余で、部屋にはもう売る物がなくなってしまっている。家賃も払えなくなる。

「女中の愛ちやんが來て、先月分からの下宿料の催促。いふべからざる暗怒をかくして、自分は随分冷やかに應答した。女中は五六回つづけて來た。とうとう、先月分の十五圓若干を、明夕までに拂はなければお斷りするといふ事になつた。

自分一個の死活問題が迫つたといふ感じが、妙に深く自分の胸にひびいた。と、一種の深い決心が起つた。決心！——あらゆる不安を壓搾して石の如くした様な決心！

平生自分が、一家の處置、其將來などを思ふ時は、悲しいうち、痛ましいうち、苦しいうちにも、猶多少空想を容れる餘地がある。が、この自分一個の生命に關する問題になると、寸毫のゆるみもなく、隙もない」（七月二十七日）

切羽つまっても、家族のことであれば、まだ多少の余地があるが自身のこととなるとその余地がなくなる。こうした感覚が、おそらく逼迫してもなお遊蕩する啄木の行動にかかわっているように思える。啄木は、自分が「無宿者」になるという危機感をつのらせる。こうした危機を救うのは、いつも金田一と宮崎である。この時も、翌日には金田一が手をさしのべている。

「宿では金田一君から話してくれたので、今後予に對して決して催促せぬと云つたといふ。友の好意！　そして十六圓出してこれを宿に拂ひなさいと！」（七月二十八日）

これで、一時しのぎではあるけれど、赤心館にもうしばらく寝起きすることができることになる。しかし、啄木のこの部屋では、ちょっとした事件が起こる。

「室に入れば女中來りて告げて曰く、昨夜植木女來り、無理にこの室に入りて待つこと二時間餘、歸る時何か持去りたるものの如しと。

室内を調ぶるに、この日誌と小説〝天鵞絨〟の原稿と歌稿一冊と無し。机上に置手紙あり、曰く、ほしくは取りに來れと。

予は烈火の如く怒れり。蓋し彼女、予の机の抽出の中を改めて數通の手紙を見、またこの日誌の中に彼女に關して罵倒せるあるを見、怒りてこれを持ち去れるものなり！」（八月八日）

赤心館に移った五月あたりから、植木貞子という女性と啄木は関係を持っていた。日記には詳細は記述されていないが、それらしきことが綴られている。その貞子が、啄木の部屋に入り、啄木が書いた『天鵞絨』や日記を持ち出した。原稿と日記は数日後、貞子は戻しにやってくる。

「たゞ此日記中、七月二十九日の終りより三十一日に至るまでの一頁は、裂かれて無し。蓋しその頁に彼女に對する悪口ありたるなり。

これにて彼女の予に對する關係も最後の頁に至れるものの如し」（八月十九日）

実際、啄木日記には、この間の記録が消失している。したがって、貞子に対する啄木の記述は読むことができない。しかし、同じ八月十九日の日記の中で、啄木は貞子との関係を金田一京助に相談していることがうかがわれる。函館に残した妻子への思いはありながらも、絶望的とも思える放蕩と貧困の結果、こうした部屋での事件を自ら引き起こしている。そうしたことを知りつつ、啄木を受け入れ支える金田一の友情は並大抵のものではない。

「下宿屋の障子がスッカリ張代へられて秋といふ感じがある」（八月二十四日）という記述があり、それでも啄木が部屋に一瞬の安らぎを持っていたことがわかる。

三畳半の部屋「三階の穴」

九月六日、金田一京助が啄木とともに引っ越すことを提案する。この提案は、赤心館での啄木の家賃の取り立てが酷いというので、金田一がこの下宿を引き払おうとしてのことであった。

「本を賣つて宿料全部を拂つて引拂ふのだといふ。本屋が夕方に來た。暗くなつてから荷造りに着手した」（九月六日）。下宿代は、金田一が自分の持っていた本を売って支払った。その後、新しい下宿にふたりで向かう。

午後五時少し過ぎて、森川町一番地新坂三五九、蓋平館別荘（高木）といふ高等下宿に移つた。家は新らしい三階建、石の門柱をくぐると玄關までは坦かな石甃だ。家の造りの立派なことは、東京中の下宿で一番だといふ。建つには建つたが借手がないので、留守番が下宿をやつてるのだとのこと。

三階の北向の室に、二人先づ寢ることにした。成程室は立派なもの。窓を明けると、星の空、遮るものもなく廣い。下の谷の様な町からは湧く様な蟲の聲。肌が寒い程の秋風が天から直ちに入つてくる。

枕をならべて寢た。色々笑ひ合つて、眠つたのは一時頃であつた。

住まいを変えて、啄木も久しぶりに軽やかな気分になったことがうかがえる。「星の空」を見上げ、虫の声を聞き、秋風を感じ、笑い合って眠った。

翌日の七日「三階の第一日の朝、六時に起きた。金田一君は學校へ行つた。予は、昨夜同君から貰つた五圓で、袷と羽織の質をうけて來た。綿入を着て引越して來たのだ。女郎花をかつて來て床に活けた。茶やら下駄やら草履やらも買つた。

移轉通知のハガキを十七枚書いた。久振で新渡戸先生へも書いた。

室の中を片付ける。湯に入つて間もなく友が歸つて來た。（中略）とある蕎麦屋で喰ふ。銚子も一本」

金田一は、学校に行ったとあるから、職場の海城中学校に行ったのだろう。前日、啄木は金田一からもらった五円で、質から衣服をうけ、さらに花やらお茶そして下駄や草履を買い、夜には散歩に出て蕎麦屋で酒まで飲んでいる。気分がよかったのだろうか、転居のハガキを書いたとある。新しい部屋が、啄木の気分を解放的にしたのだろう。

八日には、啄木は金田一の部屋を出て、同じ三階の別の部屋に移る。

「九番の室に移る。珍な間取の三疊半、稱して三階の穴といふ。眼下一望の甍の谷を隔てて、杳かに小石川の高臺に相對してゐる。左手に砲兵工廠の大煙突が三本、斷間なく吐く黒煙が怎やら勇ましい。晴れた日には富士が眞向に見えると女中が語つた。西に向いてるのだ。天に近いから、一碧廓寥として目に廣い。蟲の音が遙か下から聞えて來て、遮るものがないから、秋風がみだりに室に充ちてゐる」

「三階の穴」と呼ばれる、わずか三畳半の狭い部屋ではあるけれど、啄木は、しばし満足しているようだ。

終の部屋

啄木は、一九〇九年の正月は、「三階の穴」でむかえている。

今日から二十四歳。

前夜子の刻すぎて百八の鐘の鳴り出した頃から平野君と本郷の通りを散歩し、とある割烹店で食つて二時頃歸宿、それから室の中をかたづけて、寝たのは四時近くだつたから、目をさましたのは九時過。

空は朗らかに晴れわたつてゐたが、一杯の酒に雑煮、年始状を見て金田一君の室に行つてゐると、三階をゆすぶつて強い風が起つた。そしてチラ〳〵と三分間許り雪が落ちた。

前年の小樽でむかえた正月では「門松も立てなければ、注連飾もしない。薩張正月らしくないが、お雑煮だけは家内一緒に喰べた」と沈んだ気分で書いているが、それにくらべると、ずいぶん気軽な正月である。

「少し氣が落付いてゐて、急にこの想を、モット大きいもの――予が上京以來のことをすべてかくものにしようと決心して、心が初めて明るくなつた。そして晝飯――實は朝飯の膳に向つた。少しづつ書いてスバルに載せよう」（一月十一日）。創作意欲もあり、一月十五日には、「スバル投書の歌を清書して十二時半頃寝た」。

二月二十四日、朝日新聞の佐藤眞一から、「二十五圓外に夜勤一夜一圓づゝ、都合三十圓以上で東朝の校正に入らぬかとの文面」の手紙を受け取る。「本日より朝日社に出社」（三月一日）。啄木は朝日新聞に出社している。朝日新聞社から給料をもらうようになったが、相変わらず、「三階の穴」の生活からは抜け出せない。

四月から、冒頭でふれたように『ローマ字日記』を綴ることになる。そこには、朝日新聞から少し余計に前借りして、妻せつ子に十五円を送ったことなどが書かれている。下宿からは、家賃の催促が続く。妻子を呼び寄せるだけの経済的な力がないことが、その記述から伝わってくる。(3)
「キンダイチ君から　まさかのときに質に入れて使え　といわれていたインバネスを　マツサカ屋へもって行って、2円50銭借り、50銭はせんに入れているのの　利子にいれた。そうして予はどこに行くべきかを　考えた。郊外へ出たい――が、どこにしよう？　いつかキンダイチ君と花見に　行ったように、アズマ橋から　川蒸気にのって　センジュ大橋へ行き、いなかめいた景色の中を　ただひとり歩いてみようか？　あるいはまた、もしどこかに　あき家でもあったら、こっそりその中へ入って　夕方までねてみたい！」(四月十五日)
経済的に逼迫して金田一が与えたインバネスを質入れし、受け取った金の一部を、以前の利子にあてている。そして、「あき家」があったらそこで寝てみたいという。安心して眠ることのできる部屋をどこかで望む気持ちがあったのだろう。
経済的に困窮しているにもかかわらず、啄木の悲しいまでの放蕩は繰り返される。金田一のインバネスを質入れする数日前にも、そのことを記している。
「いくらかの金のあるとき、予は　なんのためろうことなく、かの、みだらな声にみちた、狭い、きたない町に行った。予は　去年の秋から今までに、およそ13－4回も行った、そして10人ばかりの　インバイフを買った」(四月十日)
わずかな金をさまざまなことで手にしても、妻子への仕送りどころか、こうした放蕩に使ってしまう。日記を読んでいても、「そちらに行ってはいけない」と読者の心をいためる。その破綻した生活ぶりには、あえていうなら、「不良青年」を心配したくなるような俗な感情がせりあがってくる。

しかし、冒頭でもふれたように、六月十五日に蓋平館を出て、宮崎大四郎（郁雨）からの送金と金田一の保証によって、本郷の弓町の「アライという床屋」（「喜之床」新井こう方）の二階に引っ越し、翌十六日、上野駅に妻の節子、母カツ、そして娘の京子を金田一に伴われ迎えに行く。


ミヤザキ君から送ってきた15円で　ホンゴウ・ユミ町2丁目18番地の　アライという床屋の2階のふた間を借り、下宿の方は、キンダイチ君の保証で　119円余を10円ずつの月賦にしてもらい、15日に　たってくるように　家族に言いおくった。

15日の日に、ガイヘイカンを出た。荷物だけを　借りたうちにおき、その夜はキンダイチ君の部屋に　とめてもらった。異様な別れの感じは　ふたりの胸にあった。別れ！

16日の朝。まだ日ののぼらぬうちに　予とキンダイチ君とイワモトと　3人はウエノstation〔駅〕のPlatform〔プラットホーム〕にあった。汽車は1時間おくれて着いた。友、母、妻、子……車で新しいうちに着いた。「はつかかん」（床屋の2階に移るの記。）


しかし、啄木は以前からかかえていた結核に確実に蝕まれていく。宮崎郁雨の援助で、啄木一家は、一九一一（明治四十四）年八月七日、引っ越しをする。

「本日本郷弓町二ノ十八新井方より小石川久堅町七十四ノ四六號へ引越す。予は午前中荷物だらけの室の隅の疊に寐てゐ、十一時俥にて新居に入りすぐまた横になりたり。いねにすけらる。門構へ、玄關の三疊、八疊、六疊、外に勝手。庭あり、附近に木多し。夜は立木の上にまともに月出でたり」（八月七日）
家族安住の家と思える。しかし啄木の病状は末期的になり、夏目漱石夫人の鏡子から十一日には、七円の見舞金がとどいたりもする。壮絶な結核の療養生活のすえ、翌年、四月十三日、父、妻節子と友人の若山牧水にみとられ永眠、満二十六歳だった。
啄木は、生涯、心を休めるような家、「部屋」を持つことができなかった。節子との新婚時代の盛岡市中津川河畔の借家——玄関二畳、四畳、四畳半、六畳、八畳という、わずかな期間をすごした住まい。そして死の間際の小石川久堅町の玄関三畳、八畳、六畳そして勝手という住まいが啄木にとってはもっとも豊かな住まいだった。新婚の住まいから死の間際の住まいにいたるほぼ七年間、啄木は心を安らかにできる家、「部屋」に生きることはできなかった。しかし、啄木が心から希求したのは自分の「家」、そして「部屋」を持つことであった。死の前年、蓋平館を出て、喜之床の二階に引っ越し、妻の節子、母カツ、そして娘の京子と暮らしはじめた数日後、啄木は「家」という詩を書いている。
冒頭でもふれたが、安定した住まい（部屋）を持とうとする気持ちは、わたしたちの「保守性」にかかわっている。そして、実のところ啄木もまた「部屋」を希求する保守性を持っていた。

「家」　1911. 6. 25. TOKYO

今朝も、ふと、目のさめしとき、
わが家と呼ぶべき家の欲しくなりて、
顔洗ふ間もそのことをそこはかとなく思ひしが、
つとめ先より一日の仕事を了へて歸り來て、
夕餉の後の茶を啜り、煙草をのめば、
むらさきの煙の味のなつかしさ、
はかなくもまたそのことのひよつと心に浮び來る——
はかなくもまたかなしくも。

場所は、鐵道に遠からぬ、
心おきなき故郷の村のはづれに選びてむ。
西洋風の木造のさつぱりとしたひと構へ、
高からずとも、さてはまた何の飾りのなしとても、
廣き階段とバルコンと明るき書齋……
げにさなり、すわり心地のよき椅子も。

この幾年に幾度も思ひしはこの家のこと、
思ひし毎に少しづつ變へし間取りのさまなどを
心のうちに描きつつ、
ランプの笠の眞白きにそれとなく眼をあつむれば、
その家に住むたのしさのまざまざ見ゆる心地して、
泣く兒に添乳する妻のひと間の隅のあちら向き、
そを幸ひと口もとにはかなき笑みものぼり來る。

さて、その庭は廣くして草の繁るにまかせてむ。
夏ともなれば、夏の雨、おのがじしなる草の葉に
音立てて降るこころよさ。
またその隅にひともとの大樹を植ゑて、
白塗の木の腰掛を根に置かむ——
雨降らぬ日は其處に出て、
かの煙濃く、かをりよき埃及煙草ふかしつつ、
四五日おきに送り來る丸善よりの新刊の
本の頁を切りかけて、
食事の知らせあるまでをうつらうつらと過ごすべく、

また、ことごとにつぶらなる眼を見ひらきて聞きほるる
村の子供を集めては、いろいろの話聞かすべく……

はかなくも、またかなしくも、
いつとしもなく、若き日にわかれ來りて、
月月のくらしのことに疲れゆく、
都市居住者のいそがしき心に一度浮びては、
はかなくも、またかなしくも、
なつかしくして、何時までも棄つるに惜しきこの思ひ、
そのかずかずの満たされぬ望みと共に、
はじめより空しきことと知りながら、
なほ、若き日に人知れず戀せしときの眼付して、
妻にも告げず、眞白なるランプの笠を見つめつつ、
ひとりひそかに、熱心に、心のうちに思ひつづくる。(4)

注

（1）石川啄木『ROMAZI NIKKI（啄木 ローマ字日記）』（桑原武夫編訳 岩波書店 二〇一一年、一九七七年初版）

（2） 石川啄木「日記」『石川啄木集』（日本現代文學全集・講談社版39　一九六七年、一九六四年初版）啄木の日記は、すべて本書による。
（3） 以下の引用はすべて石川啄木『ローマ字日記』
（4） 石川啄木「家」『石川啄木集』（日本現代文學全集・講談社版39）

「童謡」の部屋　北原白秋

――からたちのそばで泣いたよ　みんなみんなやさしかつたよ――

宮沢賢治とともに北原白秋は多くの童話を創作していることで知られている。白秋の表現の中で、童話以外のとりわけ特徴的なものは、童謡にあると言っていいだろう。

その北原白秋は、引っ越しを短期間にひっきりなしに繰り返している。生涯におよそ四十回ちかく転居をしている。一九一〇（明治四十三）年、千駄ヶ谷に生活していたときに、隣家の松下家の夫人俊子と親しくなり、一九一二（明治四十五）年、俊子の夫から姦通罪で告訴されることになる。その間だけでも白秋は、四度も転居を繰り返している。

そうした、転居生活が終わることになるのは、小田原の「木兎の家」（みみずく、一般的には木菟と表記する）と自ら名付けた住まいでの生活を契機にしていたのかもしれない。

この家には一九一九（大正八）年から一九二六（大正十五）年まで暮らしている。満三十四歳から四十一歳までの期間だ。木兎の家での生活以後は、住まいに関しては、落ち着いたものとなる。

木兎の家を引き払った後は、東京の谷中そして翌一九二七（昭和二）年には馬込、二八（昭和三）

年には成城（当時、東京府北多摩郡砧村）。そして五十七歳で世を去るまでの、晩年の一九四〇（昭和十五）年から四二（昭和十七）年にかけての三年間は、杉並阿佐ヶ谷で生活した。したがって、小田原を引き払ってからの引っ越しは少ないことがわかる。

白秋は、木兎の家と同時に、方丈のような書斎をつくり、さらに三階建ての洋館を建てている。それらは、白秋にとっては、おそらくもっとも愛着のあった住まいだったのではないだろうか。実際、白秋は、関東大震災で半壊したこの住まいで、その後も生活を続けており、一九二六年の正月の日付で次のように語っている。(1)

○私の家はいよいよ荒れはてゝ了つた。風が吹くたびに壊れてゆく。かうした二階に住んでゐるので危険千万だが、何もかも億劫だから荒れるまゝにまかせて住んでゐる。これもおもしろい。然し震災の時ならまだしも、二年も三年も過ぎて、而も天気晴朗の日に家が倒れて親子四人が圧死したとなつては赤面される。（中略）かうした私の書斎生活を「揺れてる書斎」として、新年号の婦人公論に書いた。

北原白秋は、まとまった形での「日記」を残していないが、刊行物にエッセイのような形式で日記にちかい記述を多く残している。ここに引いた、壊れていく住まいについての記述も、白秋が同人であった短歌雑誌『日光』（一九二四〜二七年）に寄せた雑記である。白秋は、このようなかたちで、自身が主催した短歌雑誌『多磨』（白秋の弟北原鐵雄が代表をつとめるアルスから刊行）などに、日々の雑記を記しており、それらは日記風の記述となっている。また、ごく断片的に書かれた『印象日録』などもある。

ここでは白秋が、関東大震災後に荒れていった住まい、しかし「これもおもしろい」と述べている小田原の住まいを、小田原に移る少し以前の住まいあたりから見ていこう。そこに、白秋の住まいや部屋に対する意識がどのようなものであったのかが見えてくるように思える。

部屋を支配する沈黙・心の解放へ

冒頭でふれた白秋の不倫に対する姦通罪の告訴は、弟の鐵雄が奔走し三百円で示談解決することになる。その後、白秋は、一九一三（大正二）年、俊子と正式に結婚し同居をはじめる。この間、白秋は三浦半島の三崎町、小笠原そして麻布などで生活するが、翌十四年、白秋は俊子と喧嘩し離別することになる。このころの白秋は、実家が破産し経済的に窮乏していた。そうした窮乏する白秋を経済的に支え続けたのは鐵雄である。

白秋と俊子との喧嘩は、経済的窮乏あるいは、白秋の両親との同居などが要因となっているといわれている。このことについて、川本三郎は、労作というべき評伝『白秋望景』の中で、「白秋は『窮乏』のなか、俊子と離別する。俊子にもわがままなところがあったろう、夫の窮乏生活についてゆけない弱さもあったろう。しかし、三崎から麻布へと続く、白秋の両親との息苦しいほどの同居生活に俊子がついに耐えられなくなったことを誰が批判しえよう[2]」と述べている。

白秋は、俊子と別れた後、一九一七（大正六）年から一九にかけて『雀の生活[3]』を書いている。

両親と俊子と同居する貧困生活の中で、雀をながめて自らをなぐさめている様子が語られている。白秋は「雀は貧者の宝です。いい慰めです」という。この雀は、「人から貰った碧山上人の竹に雀の破れ軸」に描かれた雀でもあり、現実の雀たちでもある。白秋は、雀を眺めることがいつも好きだった。

　麻布にゐました頃は随分と私達は惨《みじ》めでした。それでも私は人から貰つた碧山上人の竹に雀の破れ軸を何よりの慰めとしてゐました。（中略）私は朝も晩も、ぽつねんと坐つては、その雀ばかりと親しんでゐました。時たまに父も母も、その軸の前に坐つて、しげ〳〵と眺め入つてゐた事もありましたが、それは大方生活向《くらしむき》の悔み話も尽きはてた時の仕方のないありのすさびの諦めでした。私も貧しい親達のうしろから、しげ〳〵と眺め入つては、親達と亦同じやうに、声一つ立てませんでした。軸をはづしたところで、壁には大きな孔が開いてゐたのです。涙も出はしません。
（中略）朝の御飯をいたゞく時も、箸は動かし乍ら、誰も黙つてよう話せません。（中略）貧故のひがみや、皮肉や、いがみ合ひや、さうした間はまだいゝのです。皆が黙つて了ふともうおしまひです。でも雀が、廂から不意と転げ落ちたりすると、第一番に私が目つけます。あれ御覧なさいましと笑つて見せると、父も母も弟妹《きようだい》達も思はず噴き出して了つたものです。雀のお蔭です。（中略）時折には雀までがしょぼんと台所の米櫃の上に留つてゐました、長い事です。然しそれが何の張り合ひになりませう。悲しいかな、その米櫃の中にも、雀の欲しがる何一つ、今はもう入《はひ》つてはゐなかつたのです。

貧しさの中で、家族が押し黙ったまま食事をするような状態。白秋はただ雀をながめて暮らす。そうした重苦しい部屋に、俊子は耐え難かったのだろう。そうした状況の中にあって白秋から離れていった俊子に対して、「誰が批判しえよう」と川本三郎は述べているのだ。

それにしても、白秋は小さな雀がよほど好きだったようだ。本題からそれるが、「切られたお舌」という童謡を雑誌『赤い鳥』に書いている。

舌《した》を切《き》られた小雀《こすずめ》は、
小雀《こすずめ》は、
泣く〳〵お宿《やど》へ
かへります。
泣《な》いても〳〵口《くち》きけず、
ほろ〳〵、涙《なみだ》で、とんからこ、
春着《はるぎ》のべゞでも織《お》りましょうか。
とん〳〵からりと織《お》つたとて、
切《き》られたお舌《した》は川《かわ》の中《なか》。
とん〳〵からりこ、とんそろり。

とん〳〵からりこ、とんそろり。(4)

よく知られている昔話のいわゆる報恩説話「舌切り雀」では舌を切られた雀がその後、どうなったかは語られていない。白秋は、その説話の中の舌を切られた雀の悲しみに目をむけている。舌を切られた雀は「お宿」に帰って泣いても、口がきけない。絶望的な悲しみである。悲しみをまぎらわすために「春着」のべべ（着物）を織っても、切られた舌はもどらない。悲しい小雀に白秋の目がむけられる。

俊子と離別した後、一九一六（大正五）年、白秋は江口章子《あやこ》と結婚する。章子は九州から上京し、平塚らいてうのもとに身を寄せていた。そこで、白秋が知り合うことになった女性である。白秋も章子も、ふたりともに再婚であった。

心を開く田園での部屋

俊子との別離と章子との結婚に関して、白秋は山本鼎宛ての文章を「葛飾から伊太利へ」として書いている。(5) 山本は、農民美術運動を提唱した画家として知られるが、一九一七年、白秋の妹いゑと結婚している。

私がこの四五年この方《かた》たつた一人《ひとり》の女性の為めに、どれほど心を掻き擾されたか、而《さう》して諦《あきら》めても諦めのつかぬ此の人生《じんせい》に強ひて悟《さと》り澄《す》ましたやうな気になるまで、どんなに真実《しんじつ》を傾け尽し、どんなに苦労《くらう》をして来《き》たか、君も聞いて呉《く》れたら涙を流して呉れるだらう。私の傷《きずつ》きはてた心が、今や新たなる女性の為《た》めに甦《よみがへ》り、昔の若々しい「思《おも》ひ出《で》」時代の血が再び自分の脈管《みやくくわん》に燃え立つを覚《おぼ》える。喜《よろこ》んでくれ。今度の妻は病身《びやうしん》だが、幸い心は私と一緒《しよ》に高い高い空《そら》のあなたを望《のぞ》んでゐてくれる。

一九一六年、白秋と章子のふたりは、千葉県東葛飾郡真間《まま》（現在の市川市真間）の日蓮宗弘法寺《ぐほうじ》の末寺亀井坊（現在の真間山亀井院）で生活をはじめる。生活は、六畳一間だけの部屋であった。この住まいの様子もまた、「葛飾から伊太利へ」[6]の中で書かれている。

手児奈の昔汲み馴《な》れた亀井といふのがあつた。私達はその冷《つめ》たい水で顔を洗つたり、お飯《まんま》を炊《た》いたり、青い野菜を濯《すゝ》いだりしてゐた。その前の古い湯殿が私達のあはれな台所さ。何処からお坊さんが見つけて来たものか、壊《こわ》れて脚《あし》のもげた流《なが》しの台を煤《すゝ》けたボロボロの壁へくつつけて呉れたのは嬉《うれ》しかつたが、使ひすての水はそこへ其儘《そのまゝ》流しては困るといふのだ。それで鍋の中や飯櫃《めしびつ》の中へ一旦《たん》溜《た》めて置て、ずつと山蔭《やまかげ》の菊苗《きくなへ》の畝《うね》まで棄てに行つたものだ。

手児奈といのは真間にいたという伝説上の美女のことで、その娘が汲んでいたという、やはり伝説の井戸があったのだろう。その井戸が洗面所であり、食材を洗ったり、炊飯をしたりする場所だった。そして湯殿が台所だったという。

エンジニア、建築家、デザイナーとして知られるバックミンスター・フラーは、最小限の生活のための部屋を計画しているが、トイレと風呂だけである。つまり、トイレの他には、水の供給ができれば、風呂はキッチンにもなるし、湯船に板をわたせばベッドにもなる。白秋の真間の住まいも、たった一間の部屋と、水場そして風呂であった。
一月ほどたって、ふたりは同じ葛飾の三谷（現在の江戸川区北小岩）に転居する。この時期も、白秋のひどい窮乏は続いている。白秋は、小岩への引っ越しの状況を綴っている。(7)

それはつい昨日《きのふ》のことだ。而も暑《あつ》い日中《につちゆう》でね。愈亀井坊から引移《ひきうつ》ると云ふので、私達はあはれな私達の家具（それも歌集や花瓶《くわびん》、それに簡単《かんたん》な食器類位だ。）を車の上に整めて、その上に真白《まつしろ》い鉄砲百合の一鉢《はち》を載せて貰《もら》つて、よぼよぼの運送屋《うんそうや》を先に出した。妻と助《す》けに来てくれた婆《ばあ》やとに後の掃除を委《まか》して、車の後《あと》から私はたつた一人《ひとり》、壊《こわ》れかかつた小鳥の巣をポケットに入れ、青銅《せいどう》の燭台の、大きな釣鐘状《つりがねがた》の硝子の笠ばかりを一対《つゐ》両腋《りやうわき》に擁《かか》えて、あの長い市川の長い長い橋を渡つて行《い》つた。

家具や生活用品はさほど多くはなかったことがわかる。小岩の住まいの部屋についての記述もある。(8)

部屋は二間しかないが、八畳の方には床《とこ》の間《ま》も違い棚もあるし、次の六畳には冬の用意に炉《ろ》も切つてある。小《ちひ》さい台所も別に附いてゐて、今度《こんど》は坐つた儘で御飯《ごはん》が炊けるやうになつてゐる。これで私も落《おち》つきますと後《あと》から来た妻の章子《あや》も喜んだ。

八畳と六畳の二間の住まいでの新しい生活への喜びが感じられる。一九一八（大正七）年十月一日付けの「葛飾夜話」[9]には、葛飾の小岩での思い出が綴られている。

私がまだ葛飾の小岩にゐた頃でした。ある秋の薄明りの頃でしたが、久しぶりでたづねて見えた父と妹の為めに、お小屋の風呂釜の火をプウプウ吹いてゐると、その窓の櫺子《れんじ》の間から、明るい十五夜の月の光りが紅い縞目になつて流れこむのです。刈り残したもろこしの葉の涼しさうにそよいでゐる声もしました。小屋の外へ出て見ると、外庭は収《しま》ひのこした乾草の束や草ほこりでいつぱいでした。日向《ひなた》くさいやうな青くさい何とも云へぬいい匂ひでした。乾草の匂ひを嗅いでゐると、私は子供の頃のお祭のお囃子などを思ひ出して、何時でも昔のあどけない心もちにかへります。

二間しかない住まいではあるけれど、騒がしい都心からはなれた、「乾草の束や草ほこりでいっぱい」「日向くさいやうな青くさい」匂いのする、郊外の環境を、白秋は喜ばしいものと思っていたことが伝わってくる。

久しぶりに小岩の白秋の家を訪れた父と妹のために風呂を沸かして、白秋は父の背中を流す。[10]

愈々《いよく》風呂に浸つてながしへ上ると、父の身体も私の身体も月明りで全見《まるみ》えです。

「お背中流しませうか」と私は後に廻ると、父もうれしさうに背中を差し向けました。その背中に石鹸《しやぼん》をつけてゐると、しみじみと親身の愛といふものが湧いて来ます。わからずやの、いこぢの、親の威権ばかり笠に着て子供ばかりいぢめる、あんな親は死んで了へと、フイと思つてブルブル顫《ふる》へた事もありましたが、かうして背中を親しく流してゐると、涙がこぼれさうになりました。気の毒になつたり、懐かしかつたりです。矢つ張り親は親、子は子です。

さふ思ふと、こほろぎの声までが堪らなくきこえて来ます。轡虫《がちやがちや》の声もしました。

「お母さんはおいかがですか」

深く喰ひ込んだ皺の一つ一つを石鹸にまみれた両手で撫ぜてあげながら、私はタオルできゆうきゆうこすりながら訊ねます。

「母さんかい、あれも例のれいうまちでね」などと父がお月様の方を見ながら受け応へたり、それから色々と何やかやの話が出ました。

（中略）私は妹の為めに、もう一度湯の加減を見て、少々熱いかと思つたので、今度はせつせと井戸の水を汲みにかかりました。

久しぶりに父と打ち解けて、「涙がこぼれさう」な、白秋の切ないような気分が伝わってくる。麻布で、両親とともに白秋と俊子が同居していたときには、「朝の御飯をいたゞく時も、箸は動かし乍ら、誰も黙つてよう話せません」「貧故のひがみや、皮肉や、いがみ合ひや、さうした間はまだいゝのです。皆が黙つて了ふともうおしまひです」といった、重たい空気が部屋を支配していた。しかし、けして貧困から抜け出したとはいえない白秋が、小岩の家では、訪ねてきた父親と心を開いてとりとめのない話しを続けている。してみれば、俊子が離別したのは、やはり貧しさよりも、沈黙がのしかかるような部屋に同居していることへの息苦しさから逃れるためだったのではないかと思える。

新しい妻章子と暮らしはじめたことも、白秋の塞いだ心をほどく大きな要因としてあっただろう。また、たったふたつの部屋しかない住まいではあれ、都市から離れ、また同時に両親から離れることで、白秋の気持ちは開かれたものになったのだと思える。父親にとっても白秋との距離が、気持ちを変化させる要因となっていたのだろう。家族が「部屋」を共有することの複雑な心理を、そこからうかがうことができる。

閑雅な部屋　部屋による白秋の変化

一九一七年、白秋は小岩から再び東京、京橋区（現、中央区築地）の築地本願寺ちかくに移るが、翌一九一八年には、白秋と章子は、小田原の通称「お花畑《はなばた》」（現在の南町）へ移り住むことになる。小田原に移り住んだのは、章子の健康状態を気遣ってのことであった。一八年三月四日、白秋は次のように記している。[11]

愛である。たゞ深い大きな愛あるのみである。

○

明日愈家を畳んで小田原へ立たう。病人の妻の為めにも妹の為めにもその方がよろしい。真実は二途は無い。早速決行しよう。自分の為めにもいゝ事だ。第一に煩瑣な周囲の情実から高く超脱し得るばかりでもいい。要するに真の孤独を守らなければ澄み入らぬ。

今思うても葛飾の一年間はよかつた。その時、大自然は私の母であつた。現世の知識慾に燃えて再び田園の中から妻と必死の覚悟をして出て来た時、都会は塵埃と煤烟と喧騒な響音とを以て私達を迎へた。私達は元より如何なる惨苦をも堪へ忍ぶ決意をした。できるだけ簡素に、できるだけ節倹をして、妥協せずに、真の作家としての本分を守るべく二た間か三間の長屋住ひをして貧困に安住するといふ事が、私達夫婦の最初の誓約であつた。無論私達は実行した。それに就ては私は妻に深く感謝する。あらゆる苦しみに堪へて私達二人はこゝまで来た。

白秋は葛飾の小岩における「田園」生活を好ましいものと思っていた。しかし、「知識慾に燃えて」再び都会にやってくるが、妻章子の健康の問題で都市生活を棄て、小田原にむかった。一八年五月八日付けで「小田原はゆったりしたいいところです。煩瑣な周囲から離れて、静かな落ちつきのあるいい生活に私は入った[12]」と白秋は記している。しかし、このころ白秋はさかんに「寂しい」という言葉を繰り返している。

「今、私は寂しい、寂しいが、それは私の求めてゐるもので、それに堪へるといふ事は私に取つ

て何よりのいい苦業である。とにかく安心していただきたい。（五月二十一日、小田原十字お花畑にて）」(13)

同じ一八年十月、白秋夫妻は、小田原の浄土宗樹高山伝肇寺《でんじょう》の本堂の横の部屋に移っている。お花畑よりもさらに寂しげな場所である。白秋は「十月上浣に私はお花畑の寓居を引き払つて、函根口樹高伝肇寺《でんでう》に移つた。山の上で、その閑静な事は何より私達の寂しい生活にはふさはしい。私はこの寺で冬を越したいと思つてゐる」(14)と記している。

また、一八年十月十二日付けで白秋は、転居さきの伝肇寺の様子を次のようにも語っている。(15)

お花畑から私は愈《いよく》山の上の寂しい庵寺へ越しました。非常に閑静です。寧《むし》ろ寂し過ぎる位です。新聞も牛乳も配達してくれません。松風の音ばかりしてゐます。ぽつねんとして庵室の前の竹藪を眺めてゐると、それは寂《さび》きつたものです。それでも都からの色々な便りが、暫《しばら》くでも私を安らかにしてくれないのを思うと、人間は何処《どこ》へ行つても苦しいものだと思ひます。

翌一九年の正月、白秋は、伝肇寺での部屋の様子を書いている。

いい山家の寺だとつくづく思ふ。静かな、寂びた、然し何となく温かな人間の住家だ。

（中略）座敷に帰ると、妻が掃除してゐたので一緒になつて机や書柵の上を整理する。大晦日の夜も遅くまで仕事してゐたのでそこらが散らかり放題になつてゐるのだつた。

呑気な正月だなと笑ふと、妻も笑ふ。

それから、白い薔薇は空色の硝子の花瓶に挿して拭きすました紫檀の机に載せる。机の脚が壊れかかつてゐるので、それも手でトン〳〵と締める。

万両と水仙とは渋色の古い備前徳利に挿して室の隅この畳の上にぢかに置く。小さな薄紅椿は梨型の深い緑色の壺に挿して、三角柵の莫斯哥製の鳩を抱いた人形のそばに置く。それから、山茶花は一杯に清水を盛つた例のグラスに投げ挿しにして、仕事机の上、古い古羅馬式の大きな硝子の台ランプのそばに据えた。貧しいけれどいい正月だ。[16]

伝肇寺の本堂横の住まいもたった一間しかない住まいだった。けれども正月の部屋を、きれいに掃除し、拭きすました紫檀の机に硝子の花瓶に挿したバラを飾る。正月らしい万両と水仙は備前の徳利に挿し、畳に置く、薄紅椿も壺に挿して、莫斯哥《モスクワ》製の人形のそばに置く。山茶花を古羅馬《ローマ》式の硝子の台ランプのそばに飾る。その部屋は、ここに語られているとおり、貧しい部屋かもしれない。しかし、花をさまざまな趣向を凝らして、正月らしく飾っている。

紫檀の机、古い備前徳利、グラス、モスクワ製の人形、古ローマ風の硝子のランプ。日本のものと洋風のエキゾチックなものを混ぜあわせて、いかにも白秋らしい部屋である。なお、薄紅椿を挿した「梨型の深い緑色の壺」は、『金魚経　序品』の中で「青磁まがひの梨型の小壺[17]」と記しているから、あるいは中国風のデザインだったかもしれない。

同じ一九年の五月、白秋は、山荘を完成し、そちらに住むことになる。場所は、同じ伝肇寺の東側である。鈴木三重吉による児童雑誌『赤い鳥』が一九一八年に創刊され、白秋は、同誌の「童謡」を担当することになった。それによって、いくらか経済的に余裕ができてのことだろう。

一九一九年六月一日付けで、白秋は山荘について書いている。
○私の山荘が半ば出来上つた。奥の朝鮮式の書斎は飽迄閑雅にするつもりである。窓からは竹林が見える。誰かが来ていよいよ象牙の塔にお籠りですかと云つたが、さう見えれば見えたでいゝ。前方の枇杷の木の蔭の小笠原島風の掘立小屋は飽迄百姓式にした。屋根も壁も皆茅で蔽ふて了つた。鼻のやうな入口の両側に、眼のやうな二つの青硝子入の小窓がついた正面は木兎の家その

北原白秋の住まい「木兎の家」
(『赤い鳥』1922 年 3 月号所収)

儘に見える。それで「木兎の家」と名をつける事にした。
この「木兎の家」は一種の財団法人にする事になつた。而して主として鈴木三重吉氏が管理して下さる事になつた。[18]
いかにも白秋は、うれしく晴れがましそうに見える。書斎、そして木兎の家に関しては、もう少し詳細な説明をしている。

茶室風の書斎は二畳と四畳半で、二畳には床があり、脇床には天袋があり、地袋がある。北向きの窻の障子を開けると竹棚があり、寒竹が前に五六本立つてゐる。その窻からはまた丘の高みに閑院の宮家の巨松の一群が見える。左手にも窻がついてゐて、その窻からは寺の裏の孟宗籔が見える。その籔は写真にある通りである。四畳半からは目の下に隣屋敷の畑や樹木を超えて、竹林、桐の木畑、赤い屋根、ある庭園の白い石像などが見え、町や、お花畑や海岸の松並木や萱屋根やが見え、その上にひろびろとした相模灘が見える。小田原第一の景勝です。

この書斎の方は思ひきり高雅にした。こゝはたゞ私が静かに想を練り、筆を執り、書を読むだけの一種の座禅堂である。

一方は飽迄も素朴で開放的で、うち見たところ、南洋あたりの百姓家風である。丸木に柱に葺きつぱなしの萱屋根、それに麦稈の壁張で、正面の入口の鼻の両側に眼のやうな二つの小窻がある。恰度とぼけた木兎の顔そつくりなので山荘の名も「木兎の家」と呼ぶことにした。表札は恩地孝四郎君が考案してくれた、それを掛ける。

厠もその傍の土間に附いてゐる。その前に竹の台を据えて、その上に白い洗面器を載せる。

小屋の入口の室が私の仕事場兼応接間でその次が妻の室になる。実は初めはこれだけであつたが、どうにも不便なので、その奥に六畳の食堂、三坪の外廊《ヴェランダ》それに台所と女中部屋を建増すことになつた。(19)

この記述は、『白光』の同人にむけている。前に引用した書斎についての記述とあわせてみると、書斎は、「朝鮮式」、あるいは「茶室風」とも述べている。朝鮮式というのは、つまり李朝風ということだろうか。いずれにしても、この記述からすると重苦しくない清楚な雰囲気のものだったのだろう。「閑雅」なものにするとあるから、閑静であるけれど、どこか美しさのあるものを、と白秋は望んでいた。また、二畳と四畳半の二つの部屋からなっており、ごく小さなものであったことがわかる。

二畳の部屋には床を設け、「天袋」「地袋」をつけている。比較的フォーマルなデザインの部屋である。二畳とはいかにも狭いが、想起されるのは、利休の二畳の茶室、待庵である。はたしてそれを意識したのかどうかはわからない。けれども、二畳の部屋は、あまり一般的ではないので、白秋のイメージに待庵があったのかもしれない。窓から見える風景にも、白秋は満足している。この部屋は、白秋個人のための部屋として考えられたのであろう。実に趣味的な部屋である。

一方、木兎の家は、「小笠原島風の掘立小屋は飽迄百姓式にした」とも「南洋あたりの百姓家風である」ともいう。「丸木に柱に葺きつぱなしの萱屋根、それに麦稈の壁張」というごく素朴で古風な民家を思わせるデザインだ。

こうした美意識には、白秋とは四歳ちがう、つまり同時代を生きた、民藝運動を起こした柳宗悦と重なるものがある。日本の民衆的なものに美を見る眼であり、それは、あきらかに民衆や大衆の眼ではなく、その外側からの眼でもあった。

木兎の家には、トイレや仕事部屋兼応接間、妻章子の部屋、そしてダイニングルームや女中部屋さらに、三坪のヴェランダをつけている。こちらは、パブリックな用途に使うためにデザインされたことがわかる。

「可なり明るくできた食堂やヴエランダで手製の野菜料理でも御馳走しませう(20)」とも述べているから、ちょっとしたパーティをすることも考えていたことがわかる。

二畳と四畳半の書斎は、白秋が李朝や茶室の閑雅なものを好んでいたことを示している。そして、木兎の家では、素朴な民家風の味わいを望んでいた。そこには、親しい人を招き、食事をする。

実際、白秋は、『木兎の家』の会」と称して落成を記念してパーティをひらいている。そうした楽しい体験から、家を閉じたものではなく開いていくことを白秋は望んでいた。「『木兎の家』の会」の後で、次のようなことを語っている。この文章には七月二十五日と日付がある。一九一九年の七月のことである。

何《いづ》れは画家、詩人、音楽家達の閑静な倶楽部《くらぶ》と小図書館とを、ここの寺内に建てたいといふ皆の希望です。一つ大いに賛成して下さい。私は私の親しい芸術家達をみんな此の景勝の地に引っ張って来て、極めて芸術的な香の高い村をこさへ上げたいと思ってゐます。(21)

茶室風の書斎や「木兎の家」は、けして贅沢には見えない。しかし閑雅を好む白秋の感覚がどのようなものであったのかが、その部屋から伝わってくる。そこには、白秋の思考や感覚をみることができる。と同時に、そうした部屋を実現することで、そこから白秋の意識や感覚がにわかに変化していることも見て取れる。

あれほど「寂しい」を繰り返していた白秋が、「私は私の親しい芸術家達をみんな此の景勝の地に引っ張って来」たいと述べているのである。家そして部屋は、そこに生活する人間の精神や内面を映し出す。しかし同時に、住まいや部屋は、そこに生活する人間の感覚や意識を変化させる。ものや部屋と人間との関係は一方的なものではなく、いわば相互対象性の関係にあるといえるだろう。

木兎の家がつくられたころから、白秋は、「童謡」という新しい表現ジャンルを自らのものとしていく。そこには木兎の家の管理者としてあげられた、『赤い鳥』の鈴木三重吉からの依頼もあってのことだったろう。そして、白秋の仕事はしだいに忙しくなっていく。

部屋への愛着

一九二〇（大正九）年、木兎の家の隣に赤瓦の三階建て洋館の自邸建設の地鎮祭が行われる。この時に、妻の章子が雑誌「大観」の編集者と駆け落ちするという事件が起きる。その結果、白秋は、章子と離別することになる。
まずはこの「赤い瓦の洋館」建設についてであるが、これをたてるにあたって、地主であった寺の住職と、どうやら地代のことなどをめぐってもめてしまった。それが要因となって、白秋はしばらく家を出て、小田原藪幸田に仮寓し、結局、家に帰ることになる。このあたりの経緯については、翌一九二一年の『兎の電報　はしがき[22]』でふれている。

去年の三月頃から、私は「とんぼの眼玉」の中にあるその挿画のあの赤い瓦の家見たいなのに住んで見たくなりました。そして建てて見たくなりました。それでいよいよ建てようとすると、私のこの美しい心もちを隣のお坊さんがすこしも知つてくれないで、困つた掛合ばかりするので、何も彼もいやになつて、そのまま自分の家からぽつと出て了ひました。どんなに美しい生活をしようと為ても、傍《はた》でさういふ風ではとてもだめだと思つたのでした。もう慾も得《とく》も無くなつて了つたのです。今夜は何処《どこ》に泊《とま》らうかとうしろの山から山へほつつき歩いて行きますと、もう野山のあちこちには紫のすみれの花が盛りでした。

白秋は童謡「とんぼの眼玉」に描かれたような愛らしい赤い瓦の洋館に、住んでみたいという気持ちだけで、それを計画したのだろう。しかし、地代などの現実的な問題でもめた時に、それを処理する力もなく、ただ裏の山をほっつき歩くしかなかった。考えてみれば、実務的なことに立ち向かう気力がなかったのかもしれない。その結果を次のように書いている。

すると、後《あと》からお坊さんがあやまりに来たので、またお山の木兎の家へ帰ることになりました。帰ることにはなりましたが、今度は妻の方で、あなたのやうに自分の家から逃げ出すやうな方はあまり阿呆らし過ぎる、私はもっと人間らしい世界に出て行き度いと云つて、遠いお国へ行つて了ひました。それで私はたうとう一人ぽつちになりました。

一人ぽつちになつて見ると、もう赤い瓦の家も何にもほしくは無いのでした。でも今さら建てかけて止《や》めると大工や左官たちが困ると思つて辛抱してゐました。永い間辛抱してゐました。そのうちに新らしい鉋屑の散らかつたお庭に白い芥子の花や赤い虞美人草《ひなげし》が咲いて、蝶々や、鳩ぽつぽや、電報配達のぴよんぴよこ兎やなどが遊びに来るやうになりました。

妻が「遠いお国へ行つて了ひました」の一文で、章子との離別が語られている。そして、結局、一九二一（大正十）年、小田原の美術評論家、河野桐谷とその夫人喜久の紹介で佐藤キクと結婚することになる。結婚式は、新築の赤瓦の洋館で行われた。この赤瓦の洋館が白秋、キク夫妻の母屋になった。

しかし、この洋館もふくめて、白秋の住まいは、関東大震災で、甚大な被害を受けることになる。だがここで、キクとともに一九二六年まで生活する。この時期の白秋は、「童謡」というジャンルを自分のものとして、実に充実した表現活動を行っている。

一九二三（大正十二）年、九月一日、関東大震災で、木兎の家は半壊してしまう。この状況を白秋は、十月十三日（雑誌『詩と音楽』）に記している。[23]

幸に命あつて、私は再びこの壊れた山荘より諸方へ消息する機会を得た。これは異数である。よくも私は助かつたと思ふ。

恐ろしい烈震の時、私は階上の書斎にゐた。さうして濛々たる黄塵と壊れる乱声の中から辛うじて逃れることができた。私は走り下りる中途で階段と共に一揺り振りに落されたのであつた。妻は庭の芙蓉と雁来紅の間に匍ひ出してゐた。いや子を抱いたまゝ匍ひも歩くも為得ないで揺れてゐた。その後に長さ四間の手すりが落下した。危うかつた、実に。

関東大震災の激震が小田原まで広がっていたのである。その時、白秋は階上の書斎にいたというから、離れの茶室風の書斎ではなく、赤瓦の洋館の二階にいたのだろう。この時の二階の書斎では、別の記述では「東の窓際に背を向けて籐のソファの上に坐り、恰度『詩と音楽』の公募詩稿を検べてゐた」[24]という。この記述で、白秋の書斎の雰囲気がわずかながら伝わってくる。

被害状況についての記述が続いている。

木兎の家と裏藪の離家は、それでもひどく傾いたが僅かに倒壊を免れた。無論内部はあはれであつた。洋館の方は階下と張出しの諸室とが大破はしたが、階上の書斎や寝室、それに屋根裏はさしたる被害も無かつた。然しそれも引続く余震と雨洩りのために、また壁は落ち水はたまり、傷むだけ傷むで了つた。ただよくも倒れなかつたと思ふが、或は地盤が固かつたのと、急勾配の屋根のために瓦が一斉に落下して頭が軽くなつた為めかも知れなかつた。然し礎から一尺四五寸ほども前に乗り出して今は土台の無い処に立つてゐる。危険で容易には這入れなかつた。全然の修復なぞはとても覚束ないと思はれるが、兎に角階上から上でどうにか生活できさうにも思ふ。廃屋生活もまたあながち興の無いことでもあるまい。(25)

木兎の家も茶室風の離れも傾いてしまった。母屋に使っていた赤瓦の洋館は、建物が基礎からずれてしまった。母屋には、雨漏りがはじまった。相当にひどい状態であるが、「廃屋生活もまたあながち興の無いことでもあるまい」という白秋は、この家をうち捨てる気持ちはない。木兎の家と茶室風の離れができてから四年、赤瓦の洋館はわずか三年である。しかし、近隣の家に比較すれば被害が少なかったとすら語っている。

兎に角私の家はこの山の上に立つてはゐるのである。その他は裏に一戸（それも私の家ほどの好運は持たない。）立つてゐるだけで、眼に見えるだけの別荘も閑院宮邸をはじめ一瞬のうちに倒壊して了つた。隣の伝肇寺も無論である。而もこの小田原の震災は他のどの地方よりも最も激甚であつた。全市の家屋の九分九厘は倒壊し、而も八分は火が起つて焦土と化して了つた。その中でぽつりと私の家が山上に立つてゐるのである。全く半壊一厘の中での最も好運な家の一つであらう。奇蹟中の奇蹟だと誰もが驚く。それに私は頭上に微傷は負つたが、ただ血がにじんだだけで

繃帯の必要さへ無かつた。幸に御安心を願ふ。(26)

周辺の家屋、全市の家屋が「九分九厘」倒壊した中で、白秋の家が半壊ですんだことを「最も好運な家の一つ」だという。誰しもそうだが、愛着を抱いた住まいには、半壊であってもそこに住み続けたいという気持ちがある。白秋は、かつて住んだ葛飾の小岩の住まいも、その田園の環境が好ましいと思っていたが、そこに住み続けるという気持ちはなかった。木兎の家、離れの家、そして赤瓦の洋館で暮らし、はじめて白秋はそこを立ち去りがたい住まい、そして部屋だと感じたのだろう。大震災さえなければ、そこは白秋にとって終の棲家と考えられていたのかもしれない。とはいえ、半壊した住まいに、すぐに住み続けることには当然のことながら、不安を抱いている。

私はとりあへず前の竹林に避難したが、それからこれまでの間ずつとその簡朴な竹林の生活を続けて来た。貧いよいよ極つて心の富は普満する。

後に夜だけは離家に支柱をして寝た。戸も障子も無い、吹きさらしの中で、たゞ印度更紗の窓掛を張つて。

水は遠く丘を下つて海岸の方まで汲みに行かねばならなかつた。物資の窮乏はまた実に甚しかつた。私たちはこの一ケ月の間に玄米の施与を一人宛日に二合づゝ、それも二度しか貰はなかつた。その他貰つたものは一人に玉葱一つ馬鈴薯一つ甘藷を一つ宛それを一度、牛鑵半分に塩鮭一片（これは一戸についてである）塩少々、味噌少々、慰問袋の浴衣一枚。尤も米はどうにかして他でゆづつて貰つたし、救援に見えた親戚知友の厚意による鑵詰や角砂糖、鰹節の類が潤沢であつたため恐ろしい饑渇からは免れた。月の半ばを過ぎて漸くこの町でも肉や野菜の店がぽつぽつと開かれた。その他乾物日用品類も町の一部での店残りのものはたちまち総ざらひになつて了つた。時々汽船便があるやうになつたが、それでもメリケン粉、砂糖などは滅多に買へない。さういふものは兎に角、一番困つたのは蠟燭の欠乏であつた。かうしてほとんど私は明るい夜といふものを失つて了つた。[27]

住まいの前に広がっていた竹藪を部屋代わりにしての生活である。印度更紗のカーテンで囲ってプライバシーが守れる部屋空間にしたというのである。災害の後に、どのようにプライベートな部屋を確保するかは、二十世紀末の阪神大震災、そして二〇一一（平成二十三）年三月十一日の東日本大震災と津波と続く災害でも最大の問題であった。白秋は、カーテンで囲い、自前で部屋を確保した。
水や食料の供給には困難があったが、一番困ったのは「明かり」だった。たしかに、静かな夜にこそ、読書や思考の能率があがる。それを奪われてしまったという。ここで面白いのは、それまで、親しくすることのなかった近隣の人が、親しく挨拶を交わすような関係になったと白秋が語っていることだ。

裏の別荘に来てゐるI氏とその家族たちがあたふたと竹藪に添つてその庭園を駈け下りて来た。

I氏の方で声をかけた。

「おいかがですか、どなたも。」

「ありがたう。」と云つて、私は改めて
「ずゐぶん御無沙汰いたしました。」久濶を叙した。

「や、御無沙汰はお互です。」と老I氏は手を振つて、「どうもひどい地震で。」と近寄つて来た。鉄条網（これはI氏の方で張つたものである。）越しにこちらも向うの様子をたづねた。夫人が少々負傷されたらしかつた。

I氏と私とは、それまで隣合せであり乍ら、バツの悪い事があつた。それは先方が富豪であることと、境界に鉄条網を張り廻したこと、それに前を竹藪にして私の家の階上の眺望を全然塞いで了つたことなどで、お互に顔を合はせる事は避けられてゐたのであつた。が、この突差の場合に何もかも融和して了つたことを感じた。非常に親しい心もちが双方に起つて来た事は事実であつた。

I氏の一族——夫人、二三の令嬢、令息、それからそれ等の一人一人についた婆や、小間使、女中、下男、総勢およそ二十人ぐらゐであらう。——は私たちの前を過ぎて下手の竹藪へ難を避けた。其処で負傷した夫人を取り囲んで混雑してゐた。

私は危うく倒れかけてゐる木兎の家の入口から飛び込んで二三の椅子を引つつかむと駈け出して来た。そしてまた取つて返して、小椅子や坊やの小蒲団をかついで来た。

椅子の二つと小蒲団とを鉄条網越しに隣へ差出した。[28]

白秋は、それまで折り合いが悪かった隣のI氏と、大震災の中で、突如、言葉を交わすようになった。災害や紛争の中では、人々が知恵を出し、力をあわせ、あたらしいコミュニティを生み出す瞬間があることが、東日本大震災後知られるようになってきた。その瞬間は、一時的に「楽園」が生まれる。こうしたコミュニティ、「楽園」を、レベッカ・ソルニットは『災害ユートピア』(原題「地獄の中にパラダイスがつくられた」)として多くの事例を紹介している。ソルニットは次のように指摘している。

「もし今、地獄の中にパラダイスが出現するとしたら、それは通常の秩序が一時的に停止し、ほぼすべてのシステムが機能しなくなったおかげで、わたしたちが自由に生き、いつもと違うやり方で行動できるからにほかならない(29)」

大きな災害の中では、生活の基本を支えているさまざまなシステムが機能しなくなるだけではなく、職業などの通常考えられている人々の社会的な権威や位置づけなどもほとんど意味をなさなくなる。その瞬間に、人々はそれまでの制約から解放され自由になる。また、通常のシステムにはとらわれることなく、行動することになる。大富豪のI氏も、大富豪であるという自意識から解放されたのだろう。しかし、こうした「災害ユートピア」は永久に続くものではない。混乱が収まれば、また、かつての秩序やシステムの中に人々はもどっていく。I氏の場合も例外ではなかったことが、後に述べられている。

竹林での生活について、白秋の記録はさらに続いている。

この窮乏の中でも私たちの竹林生活は全く楽園の生活であつた。山には芙蓉、カンナ、萩、ジンジヤアが咲き乱れ、木犀が匂ひ、つくつくほうしが啼き、くつわ虫が啼き、まことに分外の風光を楽しむ事の勿体なさを思つた。私は久しぶりに読書し、思索し、静かに風懐をのぶることができた。
竹林の食卓、小椅子、籐の寝椅子、手製の行燈、おなじく竹のパイプ[30]。

まさに災害の中での一瞬の「楽園」だと、白秋は感じている。それまで、部屋といえば、壁に囲まれた建築物の中だけに限定されていたわけだが、竹林を印度更紗のカーテンの布で囲っただけで、屋外に部屋が生まれる。そこに、食卓や椅子やソファなどを持ち込むことで、その部屋がより親和性のある家族の部屋になる。加えて、咲き乱れる花々、虫の啼き声を白秋は楽しんでいる。強固な壁ではなくとも、一枚の布での囲いといくつかの家具だけでも部屋をつくることができることがよくわかる。
その後、木兎の家、茶室風の離れ、そして赤い瓦の洋館の修繕が行われる。

大仁の穂積忠君のところから大工や土方を八人ほど差し向けて下すつたので、木兎の家を起し、離家を起して戸障子のはまるやうにしていただいた。しみじみとかたじけなかった。その間に中秋の良夜となつた

今、壁を塗らせ、洋館の屋根を木っ片で葺かした。これでどうにかしばらくは凌げるであらう。(31)

白秋は、三つの住まいを棄てることは、まったく考えてもいない。洋館の屋根は赤い瓦から木の片で葺き替えたという。したがって、その外観の印象はずいぶん異なったものになっただろう。応急処置をした住まいではあったが、その後も、不具合が続いていく。しかし、白秋はなかなかこの家を離れることができない。一九二四（大正十三）年六月、次のように記している。

○書斎
私の書斎は工場でもあり、戦場でもある。いつも白兵戦だ。

今月は朔日から十五日まで、一日も欠かさず、仕事の居催促の人が泊つてゐた。アルスや日光や赤い鳥やである。その中にも他から電報が頻々と来る。今夜はじめて一人になつたが、また深夜になつて了つた。

これから夏になると、徹夜行は続かない。

家の前にはかなめの白い花が咲いた。若葉よりもほのかな花だ。私は時々それを見に出て、頭を涼しくすると、また書斎に駈けあがる。

ぢつとしてはゐられない。

私の書斎は大地震で壁がくづれ、北窓の硝子が開閉できなくなり、床が跳ねあがり、バルコンが斜めになつてゐる。

（中略）

地震が来る。揺れる揺れる。

全くこの書斎は風が吹いても揺れ、坊やがあるいても揺れる。ひどくなつたものだ。(32)


原稿の仕事が次々にやって来る。いよいよ白秋の仕事は活発になっている。「揺れる書斎」での「白兵戦」である。これほどひどい状態になっても白秋は、この書斎を離れることができない。「揺れる書斎」が白秋の表現の場となっていたのである。一九二六年正月元旦、次のように語っている。

○離れてゐるので、親たちが非常にさびしがられるので、私もおつつけ大森あたりへ移らうかと思つてゐる。ここは惜しいから残して置いて、たまにやつて来るやうにしたい。それにしてもこの家は一旦全部を解体してしまはねば修繕の方がつかないと云ふ話。とにかく億劫なことである。壊れた家の生活がどうして楽しくて離れられぬといふのも、人から見れば審かしからう。然し、臆劫《（ママ）》であるといふことに過ぎない。なまじ住めば住るのだからのんきになる。(33)

木兎の家をはじめ離れの家、そして赤い瓦の洋館で、周辺の自然の移り変わりを楽しみ、書斎での充実した仕事が進行する。しかし、崩壊していく住まい、そして部屋をすべて解体して作り直すことは「億劫」だと白秋は思っている。また、東京大森のあたりへの転居も考えているが、「ここは惜しいから残して置いて、たまにやつて来るやうにしたい」ともいう。そこには、白秋の「部屋」

をめぐる「保守性」と「未練」が、はっきりと現れている。この小田原の一連の住まい、そして「部屋」が、白秋の精神性を反映するとともに、その精神性に影響を与え、創作のあり方に深く関わったことを暗示している。

白秋にかぎらず、わたしたちは、「部屋」に対して、どこかに保守性を持っている。転居を繰り返す状況というのは、いわば変化することに対して、時には好ましく感じ、時にはいわば革新して行こうとする意志を持ち、「部屋」への保守性が希薄な状態である。保守性が希薄な状態の中では、「部屋」だけではなく、衣服についても急激な変化を繰り返す。しかし、ひとたび自己のスタイルが意識されるにしたがって、わたしたちは「部屋」に対しても保守性を持つことになる。その保守性とは、変化することへの「億劫」という気分と深くつながっているのである。

これと例は異なるが、パソコンの状態が不安定になっても、新しいシステムに変えることになかなか踏み切れないでいることもまた、わたしたちの保守性によっている。もちろん、わたしたちが保守性を持っていることは、根源的には、生命体を持続しようとする潜在的な保守性によっていると考えていいだろう。

それまで、転居をひっきりなしに繰り返していた白秋が、木兎の家をはじめとする住まい、そして「部屋」を変えることへの「億劫」さを感じており、したがって、保守的な心情を抱いたことは、この住まい、そして「部屋」で、自己の生活スタイル、そして自らの表現のスタイルを確信するようになったからだといえるだろう。

また、たとえ、この住まいや「部屋」から去るにしても、そこを残しておきたい、積極的に撤去するには「惜しい」と感じることもまた、白秋がその「部屋」に対して、愛おしく、保存しておきたい気持ちを抱いていたからに他ならない。この住まい以前には、白秋は、このような気持ちを抱いたことはなかった。木兎の家、離れの家、赤い瓦の洋館は、白秋にとって、きわめて重要な空間であり部屋であったのだ。

結局、満身創痍ともいうべき、この住まいに白秋は一九二六年まで生活する。しかし、その住まい、部屋をついに断念せざるを得なくなる。

千九百二十六年

小田原天神山。

いよいよ此の半壊の家を見棄てることにすると、いよいよ名残が惜しまれる。小田原の春ともこれでお別れになる。

裏の竹林の藪蒟蒻の仏焔ももう了りになつた。

筍の根の新鮮な紫の疣はどうだ。これかぎりかと思ふと、飽かずに掘つて食べたくなる。

木兎の家の応接室にも小さい筍がぞつくりと出て若竹になりかけた。今年も屋根裏につかへさうだ。

隣の伝肇寺も代が変つた。

この頃、海の光はいつも紫色だ。永年この山に住んでも、こんな美しい海の色を見たことが無かつた。双子の山には白い綿帽子のやうな雲が夕方になるとかぶさる。山火も間遠になつた。(34)

自然に囲まれた、木兎の家、茶室風の離れ、そして母屋の赤い瓦の洋館という住まい。そして赤い瓦の洋館の二階の書斎（部屋）こそ、白秋が、童謡という表現ジャンルを確実に自分のものとしていった部屋だった。したがって、白秋が、それまでの生活の中で、唯一、棄てがたいと思った住まいであり部屋であった。
山田耕筰の作曲による白秋の童謡「からたちの花」が作られたのは一九二五（大正十四）年。半壊の赤い瓦の洋館で仕事をしていた頃の作品である。

からたちの花が咲いたよ。
白い白い花が咲いたよ。

からたちのとげはいたいよ。
青い青い針のとげだよ。

からたちは畑の垣根よ。
いつもいつもとほる道だよ。

からたちも秋はみのるよ。

まろいまろい金のたまだよ。
からたちのそばで泣いたよ。
みんなみんなやさしかつたよ。

からたちの花が咲いたよ。
白い白い花が咲いたよ。

「咲いたよ」「とげだよ」という「よ」という語尾がいかにも愛らしい。そして五番の「からたちのそばで泣いたよ。みんなみんなやさしかつたよ。」という句は、山田耕筰の思い出を詩にしたともいわれているけれど、そこには白秋の気持ちのあり方が表現されている。それは、あるいは白秋の思考のあり方といってもいいかもしれない。平たくいえば、「男は強くなければいけない」「男は泣いてはいけない」、つまり、明治期に意図的に強調されたいわゆる「益荒男」的な思考が、うち捨てられ否定されているのである。
「泣いたよ」「みんなやさしかったよ」という、弱さと柔らかい感覚は、大正期のものだともいえようが、それこそが、白秋の表現の中心にあり、それが彼の表現ジャンルであった「童謡」にはっきりと現れている。それは、木兎の家、そして「赤い瓦の洋館」の部屋ではっきりとしたかたちで表れることになるのである。

注

（1）北原白秋「山荘より（日光室）」『北原白秋全集37』所収（岩波書店　一九八八年）
（2）川本三郎『白秋望景』新書館、二〇一二年。
（3）北原白秋『雀の生活』『北原白秋全集15』所収（岩波書店　一九八五年）
（4）北原白秋「切られたお舌」『赤い鳥』一九二〇年二月号所収（赤い鳥社）
（5）、（6）、（7）、（8）北原白秋「葛飾から伊太利へ」『北原白秋全集15』所収
（9）、（10）北原白秋「葛飾夜話」『北原白秋全集35』所収（岩波書店　一九八七年）
（11）北原白秋「小田原へ（日記の一節）」『北原白秋全集35』所収
（12）北原白秋「小田原より（一）」『北原白秋全集35』所収
（13）北原白秋「小田原より（二）」『北原白秋全集35』所収
（14）北原白秋「紫烟草舎解散事情その他」『北原白秋全集35』所収
（15）北原白秋「一日一信（一）」『北原白秋全集35』所収
（16）北原白秋「お寺の元日」『北原白秋全集35』所収
（17）北原白秋「金魚経序品」『北原白秋全集32』所収（岩波書店　一九八七年）
（18）北原白秋「小田原より（五）」『北原白秋全集35』所収
（19）、（20）北原白秋「小田原消息（尺牘三通）」『北原白秋全集35』所収
（21）北原白秋「一日一信（五）」『北原白秋全集35』所収
（22）北原白秋「兎の電報　はしがき」『北原白秋全集25』所収（岩波書店　一九八七年）
（23）北原白秋「再び山荘より　震災について」『北原白秋全集37』所収
（24）北原白秋「その日のこと」『北原白秋全集18』所収（岩波書店、一九八五年）
（25）、（26）、（27）北原白秋「再び山荘より　震災について」『北原白秋全集37』所収
（28）北原白秋「その日のこと」『北原白秋全集18』所収

(29) レベッカ・ソルニット『災害ユートピア――なぜそのとき特別な共同体が立ち上がるのか』(高月園子訳 亜紀書房 二〇一〇年)
(30)、(31) 北原白秋「再び山荘より 震災について」『北原白秋全集37』所収
(32) 北原白秋「日光室」『北原白秋全集37』所収
(33) 北原白秋「山荘より(日光室)」『北原白秋全集37』所収
(34) 北原白秋『きよろろ鶯』「剝製の栗鼠(陽春逆年譜)」『白秋全集22巻』所収(岩波書店 一九八六年)

あとがき

日本では、日記が文学のひとつのジャンルを生み出した。それは、文章を書くことを専門にしている人だけではなく、日記をつけることが広くおこなわれてきたことと無縁ではないだろう。

小学校では、夏休みに日記を書くという宿題があったことがわたしの記憶に残っている。現在でも、そうした宿題が継続しているのかどうかは知らないが、古くから日記文学が成り立ってきた文化が、子どもたちへのそうした宿題を生み出したのだろう。少なくとも、子どものときのそうした体験が、今日、日記をつける習慣を身につけるひとつの要因になっているようにも思える。

日記は、読者を意識した虚構をふくんでいるにしても、ものであれ人間についてであれ、記述者のまさに個人的視点、あるいは視線をあらわしている。それは、私小説へとつながるものだ。

日本の文学者たちが、自身や他人の住まい（部屋）をどのように見ていたのか。彼らの日記を読んでいくと、自身の身なり、あるいは他者の身なりにむけるのと同じようなまなざしをそこに感ずることができる。住まい（部屋）は、ある面で身体を被う衣服と似ているかもしれない。

ロラン・バルトは、ピエール・ロチについて論じたごく短い批評の中で、「衣服」についてふれている。「よく知られているように、衣服（ヴェットマン）は人間（ペルソンヌ）を表現しないが、それを構成（コンスティテュエ）する。あるいはむしろ、よく知られているように、人間とは自分が望むイメージ以外の何ものでもなく、衣服は、わたしたちにそのイメージを信じることを可能にする」（新・批評的エッセー）という。

住まい（部屋）のしつらえは、気軽に着替える衣服のようにはいかない。また、経済的な制約によって、思いどおりの住まい（部屋）をしつらえることができないこともある。しかし、住まい（部屋）のしつらえもまた、衣服と同じような意味を持っている。

住まい（部屋）のしつらえは、そこに生活する人々の感覚や趣味に深くかかわり、それぞれの人間を構成しているといえる。たとえどれほど貧しく些細な部屋であっても、わたしたちは、それをしつらえようとする。

板の間に絨毯を敷き、中国風の坐机を置き、和洋を混在させた趣味的な漱石の部屋を、自身は「暗い穢い家」と書いているが、その部屋は、あきらかに漱石という人を構成するものとなっている。

机ひとつしか持たないような絶望的な貧困の中にあった啄木は、それでも、あり合わせのものでしつらえている。そして、「広き階段とバルコンと明るき書斎」が欲しいと書いている。それがあるべき啄木を構成する夢の部屋だった。

作家にかぎらず、誰もが、実現できる範囲で自身の部屋をしつらえている。それは意識的であれ、無意識であれ自分自身を構成するものになっている。

ここでとりあげた七人の日記には、それぞれの住まい（部屋）への思いがあらわれている。あるいは他人の住まい（部屋）にどのようなまなざしをむけていたのかが見えてくる。住まい（部屋）にむける思いには、実に複雑な感覚や感情がふくまれていることが伝わってくる。

たとえば、わたしたちが住まい（部屋）に執着するのは、わたしたちの保守性によっているということにも気づかされる。それは、心身の安定を求めることにほかならないし、普遍的な感覚でもある。根源的には、それは生命を維持しようとする動物的な保守性とかかわっているように思える。生涯にたった一度、つくった小田原の住まいが関東大震災で半壊してしまった後も、そこを捨てがたく、しばらく住み着いていた北原白秋の気持ちにもそうしたものを感ずる。

反対に、住まい（部屋）に執着することなく、生活の変化を求めることは、革新を好むことであり、それもまた安定した住まい（部屋）を求めることと同様に、わたしたちの中に普遍的に存在する感情や意識である。

したがって、保守性を切り捨て、新たな生活へとむかう革新への行動が、いかにエネルギーを必要とし、また心をざわめかし身体を疲労させることか。啄木の日記には、読者にそうした不安を感じさせるものがある。

ともあれ、作家たちの日記から住まい（部屋）への視線を読むことは、実にわたし自身の生活のあり方、あるいは意識や感情のあり方を反省的に認識させてくれた。

『探偵小説の室内』以来、「室内」「住まい」「部屋」にかかわる思考、意識、感情といったことを主題にしてきたわたくしに、その機会を与えてくれた和気元さんに感謝したい。そして、心地のよい居場所をつくってくれる美紀子さん、ありがとう。

二〇一四年一月

柏木　博

著者略歴
一九四七年兵庫県生まれ。
武蔵野美術大学産業デザイン学科卒、
現在同大学教授。
主要著書
『デザインの20世紀』（NHKブックス）、『日用品の文化誌』（岩波新書）、『色彩のヒント』（平凡社新書）、『モダンデザイン批判』（岩波書店）、『「しきり」の文化論』（講談社現代新書）、『探偵小説の室内』（白水社）他多数。

日記で読む文豪の部屋
二〇一四年三月 五日 印刷
二〇一四年三月二〇日 発行
著 者 © 柏《かしわ》木《ぎ》博《ひろし》
発行者 及 川 直 志
印刷所 株式会社 三 秀 舎
発行所 株式会社 白 水 社
東京都千代田区神田小川町三の二四
電話 営業部〇三（三二九一）七八一一
編集部〇三（三二九一）七八二一
振替 〇〇一九〇―五―三三二二八
郵便番号 一〇一―〇〇五二
http://www.hakusuisha.co.jp
乱丁・落丁本は、送料小社負担にてお取り替えいたします。

松岳社 株式会社 青木製本所
ISBN978-4-560-08350-5
Printed in Japan

▷本書のスキャン、デジタル化等の無断複製は著作権法上での例外を除き禁じられています。本書を代行業者等の第三者に依頼してスキャンやデジタル化することはたとえ個人や家庭内での利用であっても著作権法上認められていません。

白水社刊

柏木 博

探偵小説の室内

インテリアデザインの論客が、コナン・ドイルなどの本格探偵小説からポール・オースターの現代小説まで15の作品を取り上げ、人間の心理と室内の構造との関係を巧みな視点で読み取る。